新潮文庫

# 敵討

吉村 昭著

目次

# 敵討

# 敵討

天保九年（一八三八）十一月二十四日八ツ（午後二時）すぎ、江戸の愛宕下《あたご》にある伊予《いよ》松山藩の上屋敷を二人の武家が出て、北への道を足早やに歩いていった。

数年来、全国的に天候不順による飢饉《ききん》がつづき、ことに二年前には夏に霜がおりるような異常気象によって耕作物は萎《な》え、例をみない大凶作となって多くの餓死者を出し、それは次の年にも及んだ。そのため米価が高騰《こうとう》し、一揆《いっき》、打ちこわしが頻発して世情は激しく揺れ動いた。

江戸の米価も一両で六斗二升の価格が二斗二升ほどにまでなり、幕府は、騒乱の起るのを防ぐため品川、板橋、千住《せんじゅ》、新宿に御救小屋を設け、飢民の救済につとめた。

今年も飢饉になるのが恐れられたが、春以来、気候は順調で、米も平年作であることがつたえられ、ようやく米価の騰貴《とうき》も鎮静化した。

秋から冬にかけても晴天の日がつづき、その日も空は雲一片もなく青く澄み切っていた。

二人の武家は、伊予松山藩奥目付熊倉伝之丞四十五歳と伜《せがれ》の伝十郎二十四歳であった。

半刻《とき》ほど前、下谷《したや》町二丁目の井上伝兵衛宅から使いの者が藩邸に来て、伝之丞に書状をとどけて去った。書面には、伝兵衛が急病であるので至急来宅して欲しい、と記されていた。

伝兵衛は伝之丞の兄で、西丸徒士頭《かちがしら》遠山彦八郎配下の徒士の役にあって、子がなかったので誠太郎を養子に迎え家をつがせていた。かれは隠居後、剣の道にきわめて長じていたことから近くに道場をかまえ、門人を擁していた。伝之丞は、伊予松山藩士の熊倉家に請《こ》われて養子となり、家督をついでいた。

急病とはなにか。剣で鍛えた伝兵衛は、逞《たくま》しい体をし、病気で臥《ふ》したことなどなく、それだけに至急来て欲しいという文面にただならぬ気配が感じられた。晴天つづきで空気が乾ききっていて西の方から流行してきた感冒が江戸市中にもひろがり、それにかかる者がふえはじめていた。高熱を発し咳《せき》が激しく、高齢者や幼い者の中には死ぬ者もいた。

兄弟はことのほか仲が良く、伝之丞は、藩の上司に事情を話してあわただしく身仕度をととのえた。伜の伝十郎も同道することになり、藩邸を出たのだ。

寺や大名屋敷の塀ぞいに進むと、前方に江戸城が見えてきた。それを眼にした伝之丞の顔がわずかにゆがんだ。

その年の三月十日六ツ半(午前七時)頃、江戸城西丸の台所より出火、延焼を防ぐため町火消を城内に入れたが、火勢激しく御殿向座敷、大奥ともに焼けくずれ、わずかに書院のみを残して四ツ半(午前十一時)すぎにようやく鎮火した。西丸は、将軍職から隠退した大御所または将軍世嗣の住む場所で、前将軍家斉《いえなり》が起居していたが、出火と同時に避難した。

ただちに老中水野忠邦《ただくに》が西丸造営掛として再建の準備に入り、大棟梁《とうりょう》を定め、工事職人の指名も終えた。造営費については、諸大名から上納金が寄せられることになり、伊予松山藩主松平隠岐守《おきのかみ》(定穀《さだよし》)は親藩の溜間詰《たまりのまづめ》大名であることから、三万両を上納すると申出た。

前藩主定通《さだみち》は、倹約令を敷くなどして累積《るいせき》していた莫大《ばくだい》な借財の軽減につとめて効果をあげたものの、依然として財政の窮迫はつづき、そのような大金を捻出《ねんしゅつ》する余裕はなかった。藩としては、城下と港町である三津《みつ》の町人から拠出させる以外になく、その交渉が藩士たちの背に重くのしかかっていた。

二人は、大名屋敷の間を縫うように進み、神田川を渡った。そのあたりからは下級武士の家が軒を並べ、下谷に入った。井上家の前にたどりついた頃は、すでに日が没し、夜の色が濃くなっていた。

家の中に声をかけると、伝兵衛の養子の誠太郎が姿を見せ、伝之丞は兄の容体を口早やにたずねながら履物をぬぎ、伝十郎もそれにつづいた。

部屋に入りかけた伝之丞は、立ちすくみ、伝十郎も体をかたくした。行灯《あんどん》の淡い光に白い衣を着た伝兵衛が横たわり、眼を閉じている。顔は青白く、死の色が濃くはりつき、傍らに妻のてつが坐《すわ》り、枕《まくら》もとに線香の煙がゆらいでいた。

伝之丞は膝《ひざ》をつき、言葉もなく伝兵衛の顔を見つめた。

ようやく落着きをとりもどした伝之丞は、

「何故、このようなことに……」

と、てつにたずねた。

てつの傍らに誠太郎が坐り、伝之丞に視線を向けた。

誠太郎が口を開き、伝之丞は誠太郎の顔を食い入るように見つめた。急病と書状に記したのは、伝之丞を驚かさぬための配慮で、

「実は、養父《ちち》は何者かに殺されました」

と言い、唇をかみしめた。

伝之丞は、誠太郎の語る話を眼を大きくひらいてきいていた。

前日、伝兵衛は、知人の柳原岩井町代地に住む茂兵衛宅に行くと言って出掛けていったが、夜になってももどってこなかった。

朝になって五ツ（午前八時）すぎに町方役人が来て、下谷御成小路に斬殺《ざんさつ》死体があり、役人が出張して検視し、同心の一人が伝兵衛の顔見知りであったので、遺体の確認と引取りに来てもらうためやってきた、と告げた。将軍が上野寛永寺に参詣《さんけい》する折に通る下谷御成小路は家に近く、誠太郎は、役人とともに下谷広小路を通って御成小路に急いだ。

人だかりがしていて、松の木の根元に蓆《むしろ》をかけられた遺体が横たわっていた。蓆を取りのぞいた誠太郎は、白いものがまじった髪が乱れている養父伝兵衛の顔を見た。

養父に相違ないと答えた誠太郎は、役人の質問を受け、それが一段落して戸板にのせられた遺体とともに家にもどったという。

近くに住む伝兵衛の門人や知人が駈《か》けつけてきて、弟の伝之丞に報《しら》せることになり、誠太郎が書状を書き、近所の男にそれを持たせて三田の伊予松山藩邸に急がせた。

誠太郎をはじめ門人たちは、剣術指南をしていた伝兵衛がなぜ斬殺されたか不審に思っていた。

遺体の傷をしらべてみると、背後から胸まで貫く深い刺し傷があり、それが致命傷に近いものになったと推測された。伝兵衛が振返ったところを刀を浴びたらしく、左方の耳もとから頬がそぎ落され、さらに肩から斬《き》り下げられていた。刀の柄《つか》をつかんだ伝兵衛の右腕は、腕の付け根から垂れさがり、さらに腹部が斬り払われていて腸が露出していた。

傷の状態から、伝兵衛は、不意に背後から突き刺され、振りむいて刀を抜こうとしたが、その力はなく思うままに斬り殺されたものと思われた。

前夜は、欠けた月がかかっていたが、人通りの絶えた御成小路で闇《やみ》討ちにあったことはあきらかだった。所持していた物はすべて残されていて、役人は怨恨《えんこん》による殺害と判定したという。

伝之丞は、身じろぎもせずに誠太郎の口からもれる言葉をきいていた。剣に長じた兄が、不意をつかれて殺害された無念が思われ、激しい憤《いきどお》りに体をふるわせていた。兄は人柄が良く、おおらかな性格で多くの者に慕われ、人の恨みを買うような男ではない。

伝十郎は、父とともに遺体に近づき、伯父の顔を見つめた。坐っていた所からは見えなかったが、たしかに左耳は鋭利な刃物で切りとられたように失われ、切断面が滑らかで、さらに左頬から顎《あご》にかけて斬り下げられ、歯列の端がのぞいていた。その無残な顔に涙があふれるのを感じるとともに、切り口からかなりの剣の遣い手であるのを感じた。

伝十郎は、無言で伯父の顔に眼をむけていた。

「だれがこのようなことを……。下手人に心当りはないか」

伝之丞は、てつと誠太郎に視線をむけた。

てつは顔を伏し、誠太郎は養父の顔を見つめている。

「兄上は他人に恨みを買うようなお方ではない。なにかの企《たくら》みがあったとしか思えぬ」

伝之丞の声は、悲痛であった。

誠太郎が、

「心当りと申しますと……」

と言って、一カ月ほど前に訪れてきた本庄茂平次という男のことを口にした。

茂平次は、伝兵衛の道場に出入りしていた門人で二年近く前から姿をみせず、久しぶりに夜、伝兵衛を訪れてきた。誠太郎は外出していて、家にいたてつの話によると、奥の部屋に伝兵衛とともに入った茂平次の低い声がしていたが、急に伝兵衛の怒声に近い声がきこえ、なにか強くたしなめている様子であった。

やがて茂平次は、恐縮したような表情で辞してゆき、てつがどのような話し合いがあったのかをきくと、伝兵衛は少し黙ってから、貸金の取立てをして欲しいと頼みにきたので叱《しか》りつけ、追い返したのだ、と言葉少なに答えたという。

「母が申しますには、父にたしなめられたのを遺恨に思い、茂平次殿が父を……」

終始無言でいたてつが、口を開いた。

「おだやかな主人が、あのようなきつい言葉を口にしたことはありません。茂平次殿がお帰りになった後も、無言でしたが、怒りがおさまらぬらしく立ったり坐ったりしておりました。しかしながら、茂平次殿が、と思いはいたしますものの、ただの憶測にすぎぬものと存じます」

「それに……」

誠太郎が、伝之丞と伝十郎に眼をむけた。

「今夕、茂平次殿が家の戸口に参りまして、昨夜、御成小路を通行していたところ、医師のような身なりの者が殺害されていたのを見たと申します。それは父ですと答えますと、なにか落着かぬ様子と言いましょうか、言葉にもならぬ言葉を口にし、去ってゆきました」

伝十郎は、誠太郎の顔にあきらかに茂平次に対する疑念の表情がうかんでいるのを見た。一カ月前に家に来て以来姿を見せぬ茂平次が、今夕顔を出し、しかも昨夜、御成小路で人が殺されているのを眼にしたと告げたのは、不自然すぎる。茂平次ならそれが伝兵衛であるのに気づくはずで、医師態《てい》の者と思っただけで通り過ぎはしない。

「その茂平次という男は、どんな男だ」

伝之丞がたずねた。

てつが、伝之丞に顔をむけた。

「二年ほど前までは、この近くの広徳寺の前あたりに住んでおりまして、夫の道場に通うようになりました。長崎で貿易関係の小役人をしていたとかで、なにか事情があって江戸に参り、医者のようなことをして暮しておりました。剣術の腕がよく、読み書き算盤《そろばん》も巧みとかでしたが、万事抜け目のない男で、主人はよくは申しておりませんでした。広徳寺前からはなれましてからは道場にも来なくなったようで、一カ月前に訪れて参りましたのは、久しぶりのことでございました」

「他に疑わしき者は……」

伝之丞が念を押すように言うと、てつは、

「おりません」

と、はっきりした口調で答えた。

うなずいた伝之丞は遺体に合掌して腰をあげ、伝十郎もそれにならった。

「そうか」

「葬儀は明日営むように……。また参る」

伝之丞は、誠太郎に声をかけ、戸口に出た。

二人は、足を早めて夜道を引返した。藩邸の門限は五ツ（午後八時）だが、事情が事情だけに潜り門から入れば、日帰りとなる。

伝十郎は、無言の父と肩を並べて道を急いだ。空には下弦の月がかかっていた。

翌日、伝十郎は、父とともに井上家に行った。

棺桶《かんおけ》が家から出るところで、誠太郎たちと近くの寺の墓地に行った。知人や門人たちが、墓穴に棺桶がおろされるのを見守った。

誠太郎が、伝之丞に本庄茂平次殿が来ています、とささやいた。伝十郎は、父とともに門人たちの後ろに立つ男にひそかに眼をむけた。四十年輩の肩幅の広い骨格の逞しい男で、浅黒い顔に疱瘡《ほうそう》の痕《あと》がひろがっている。

男は、潤《うる》んだ眼をして棺桶の上に土が落されるのを見つめていたが、てつと誠太郎から疑わしき人物ときいているだけに、伝十郎には男の悲しげな表情が白々しいものに感じられた。

僧の読経《どきょう》が終って門人たちと家にもどったが、茂平次の姿はなかった。

門人たちは、自然に師の伝兵衛がだれに闇討ちを食ったかという話を交した。恨みをもたれるお方ではないのに、という言葉がかれらの口からしばしばもれた。

伝之丞は、終始無言であった。

夕方藩邸にもどった伝之丞は、次の日も朝早く家を出てゆき、帰ってきたのは夜になってからであった。

伝十郎は、父に座敷に呼ばれ、向き合って坐った。

父は、険しい表情をして語り出した。

茂平次について、所々を歩いて調べてまわったが、伝兵衛が殺害された夜の行動にほぼ決定的と思える不審な行動があったという。

伝兵衛は柳原岩井町代地に住む茂兵衛を訪れた帰途、闇討ちに遭ったので、伝之丞は茂兵衛宅におもむいた。茂兵衛が言うには、酒を酌《く》み交して伝兵衛は上機嫌で家路についたが、伝兵衛が辞して間もなく茂平次がやってきて、伝兵衛が帰ったことを告げると、すぐに立ち去ったという。

茂平次は、なにかの事情で伝兵衛をつけねらい、茂兵衛宅に行ったのを見とどけ、帰路についたことを知って追い、下谷《したや》御成小路で襲ったものと推測される。

「茂平次の人柄をきいてまわったが、良く言う者は一人もいない。権力や金のある者に巧みに取り入り、狡猾《こうかつ》で世渡りがうまい。兄は背部から刺され、凶刃《きょうじん》を防ぐことができなかったが、茂平次ならいかにもやりそうなことだ。襲った理由はわからぬが、なにかたくらんでのことにちがいない」

そこで言葉を切った伝之丞は、伝十郎に鋭い視線を据えると、

「兄を殺害したのは、まちがいなく茂平次だ。このことは、しかと申しておく」

と、言った。

「承知いたしました」

伝十郎は、うなずいた。

父は、その後も下谷の井上家方面に行き、誠太郎や門人たちに会ったりしているようだったが、茂平次の居所を知っている者はなく、どのような暮しをしているかもわからぬという。

年が明け、父は時折り下谷方面に足をむけていたが、手がかりは全くつかめず、焦慮の色が日増しに濃くなった。

二月に入って間もなく、一人の武家が伝之丞宅を訪れてきた。

伝之丞は座敷に通し、伝十郎とともに会った。

男は、十津川《とつがわ》浪人小松典膳と名乗り、江戸にいた頃、井上伝兵衛の道場に通って免状をあたえられ、伝兵衛を剣の師と仰いでいる身である、と言った。

典膳は諸国を歩いて武者修業をし、江州彦根《ひこね》に滞在中、伝兵衛が何者かに殺害されたことを耳にし、急いで江戸に来た。弟の伝之丞が剣に長じていることを伝兵衛からきいていたので、伝之丞が兄の敵討《かたきうち》をするのは確実と考え、訪れてきたのだ、という。

「師の恨みをはらすため助太刀をいたしたく、なにとぞ私の願いをおきき入れ下さい」

典膳は、両手をつき頭をさげた。

伝之丞は、感謝しながらも、敵討にはそれ相応の手続きを要するので、それをすべて果した後にあらためてお話をうかがいましょう、と答えた。

「師を殺した者はだれか、おわかりですか」

典膳の眼にきびしい光がうかび、伝之丞は、少し黙ってから、

「本庄茂平次という長崎生れの男。しかとした証拠はないものの、この男に相違ありません。奸知《かんち》にたけた男で、どこに住いしておるか、皆目つかめませせぬ」

と、苛立《いらだ》った表情で答えた。

典膳は、伝兵衛の殺害された様子をたずね、伝之丞は遺体に残された傷の状態を詳しく答え、さらに茂平次を不審に思った根拠を淀《よど》みない口調で述べた。

うなずいていた典膳は、伝之丞が話し終えると、

「襲ったのは、まちがいなく本庄茂平次」

と、憤りにみちた眼で言った。

沈痛な空気が流れ、三人は口をつぐんでいた。

「それでは、これで失礼いたします。私は、古くから懇意の三田同朋《どうぼう》町で手広く八百屋渡世をしている弥兵衛方に居候《いそうろう》をしております故《ゆえ》、敵討のことがきまりましたら、何卒《なにとぞ》御連絡下さい。助太刀の任を遂げたく存じます」

典膳は、一礼し、腰をあげると、長屋を出ていった。

数日後の夜、伝十郎は、父に呼ばれて座敷に入った。

伝十郎が坐《すわ》ると、伝之丞は、

「私は、兄の敵討の旅に出る。お勤めをしていては敵を探すのも思うようにできぬので、永のお暇を願い出る。家督を忰《せがれ》の伝十郎につがせていただきたいとお願いはするが、どうなることか。私の留守をしっかりと守って欲しい」

と、言った。

伝十郎は、伯父伝兵衛が殺害されて以後の父の沈痛な表情に敵討を決意しているのを察していただけに、素直に父の言葉を受けいれた。

母のりよと妹のきよも呼ばれ、伝之丞は二人にもその旨《むね》を伝え、母も妹も神妙にきいていた。

父は、藩の目付のもとにおもむいて敵討に出ることを告げ、どのような手続きをしたらよいかをたずねた。目付も初めてのことなので評定所に行ってたしかめ、それを父に伝えた。

伝之丞は、その指示にしたがって藩へ左のような要旨の願書をしたためた。

兄伝兵衛が昨年十一月二十三日夜、何者かに殺害されたので、藩の「御高恩」を忘れたわけではないが、敵を討ち果したいので「御憐愍之《れんびんの》上永之御暇」をいただきたい。つきましては、「家名之儀　御慈悲之上倅伝十郎に被レ下《くだされ》置　候《そうろう》様　仕度《つかまつりたく》　奉《たてまつり》レ願候」。

この願書を目付に差出し、藩では諒承《りようしよう》した。

これによって伝之丞は、二月二十九日朝、藩邸から立退《たちの》いた。

伝十郎は、落着きを失った。本庄茂平次はかなりの剣の遣い手であるらしく、父伝之丞も剣をよくするが、四十六歳という年齢で茂平次と出遭った場合、返り討ちにされる恐れもないとは言えない。藩邸内では、伝之丞が敵討のため出奔したことが大きな話題になっていて、伜の自分が安閑と日を過すことはできないと思った。

かれは、母のりよに自分も父の後を追って敵討に出る決意を伝え、願書を書いた。

「去る二十九日、親伝之丞」が敵を求めて出立《しゅったつ》しましたが、その行衛《ゆくえ》はわからず、「跡を慕（い）力を添（え）申度候間、重々奉二恐入一候得共　永之御暇」を下されますよう願いたてまつります。

この願書は、親類筋の藩士藤田市右衛門と中村織之進を通じて藩の目付に提出され、受理された。

三月四日夜明けに、伝十郎は母と妹に別れを告げ、藩邸を出た。強い寒風が吹きつけていた。

敵討が公認されるには、藩から幕府に届け出ることが定めとなっていた。そのため伝十郎が出奔した翌三月五日、伝之丞と伝十郎についての届書が、藩の留守居代の町野四郎右衛門から寺社奉行牧野備前守《びぜんのかみ》、勘定奉行深谷遠江守《とおとうみのかみ》、町奉行筒井伊賀守《いがのかみ》宛《あて》に提出された。

内容は、当藩士熊倉伝之丞が、殺害された兄伝兵衛の敵を討つため二月二十九日、永の暇を願う書面を残して立退き、さらに伝之丞の悴伝十郎も父のあとを慕って昨暁《さくぎょう》同じように出奔いたしました。かれらが敵と出遭えば討ち果すと存じますが、このことを公認していただきたく、「御帳ニ附置候様致度、此度以《このたびもって》ニ使者ニ申達候」。

御帳とは、幕府の大目付の管理下にある評定所に備えつけられた帳面のことで、それに記録されれば、江戸はもとより全国いずれの地でも敵討が公認される。藩では、伝之丞親子のために、御帳づけを請《こ》う使者を立てて届書を提出したのだ。

これを受けた三奉行は話し合いの末、それを受理し、大目付を通じて評定所に回付した。

伊予《いよ》松山藩の江戸藩邸では、熊倉伝之丞父子が敵討の願書を残して出立したことに悲壮な空気が流れていた。たとえ敵討という理由があるにせよ、その行為は脱藩で、流浪《るろう》の身となる。伝之丞は、「御慈悲之上悴伝十郎」に家名をつがせて欲しいと懇願して藩邸から出ていったが、その伝十郎も父の後を追って立退いたからには、家名は断絶ということになる。

伝之丞が勤めを辞したため妻のりよと娘のきよは、当然、藩邸の長屋から出てゆかなければならず、その行末が憂慮された。藩邸の者たちは、伝之丞父子がそれを覚悟の上で敵を討つため出奔したことに感動すると同時に、悲痛な思いもいだいていた。

当然、二人の出奔は留守居代の町野を通じて藩主定毅《さだよし》の耳にも入っていた。定毅は深く心を動かされ、家を捨ててまで敵を討とうとしている二人の行為は、主君の馬前で死を賭《と》して奮戦することと同じだ、と解釈した。

定毅は、重立った者を集め、伝之丞父子を武士らしき行為と賞讃《しょうさん》し、温情をもって扱うのが藩の士風をたかめることになる、と言った。

一同、それに同調し、扱いについてそれぞれ意見を述べた。

敵討は、一般には美風とされているが、悲惨な所業とも言える。敵にめぐり会えるのはきわめて稀《まれ》で、討手は、あてもなく敵を求めて歩きまわらなければならず、それはいつ果てるともない。むろん伝之丞も伝十郎も家の有り金をすべてかき集め、親類の者にも無心して出立したのだろうが、いつしかそれは尽きてしまう。討手が物乞《ものご》い同然となり、餓《う》えて行き倒れになる者も多いという。中には、あてもない探索の旅に気持がくじけ、絶望して両刀を売り払い、市井《しせい》の中に身を埋れさせる例もある。

重役たちは、父子に路銀を下賜《かし》すべきだと具申し、同意した定毅は、お手元金百両を下賜することを指示した。それをきいた定毅の母貞寿院と姫君も、それぞれ二十両を支出した。さらに、残された伝之丞の妻と娘については、親類に引取らせ、これまで通り十五人扶持《ぶち》を給することになった。

伝十郎は、藩邸を出てから芝の質商八兵衛方の一室を借りていたが、そこに親類の者が訪れて藩の寛大な処置を伝えた。家族のことを案じていたかれは感激し、藩主からの下賜金を折にふれて親類から受け取ることになった。家名は存続し、母と妹の生活も保証されたことに深い安堵《あんど》を感じた。

父と会って藩の予想もしなかった温情を伝え、力を合わせて茂平次を探し出し、討取りたかった。行先も告げずに藩邸を出ていった父の居所はわからず、恐らく親類や知人の家を訪れ、もしかするとそのいずれかに身を寄せているのではないか、と思った。

かれは、八兵衛方を出ると、心当りの家に足をむけて歩きまわったが、いずれにも父の訪れた気配はなかった。わずかに父の実家である井上家には、藩邸を出た日の午後にやってきて茂平次を討つため永のお暇をいただいて脱藩したことをつたえると、すぐに立ち去り、それ以後は姿を見せないという。

桜が葉桜になり、梅雨の季節を迎えた。

父はどこにいるのか。伝十郎は、思いつくままに父の姿を求めて江戸の町々を歩き、夕方、疲れて八兵衛方にもどることを繰返した。

二年前の二月に大飢《き》饉《きん》による大塩平八郎の変が大坂で起り、六月には異国船（モリソン号）が浦賀に来て浦賀奉行がこれを砲撃するなど、世情は激しく揺れ動いたが、その後は事件らしい事件もなく、平穏にうちすぎていた。しかし、梅雨で江戸の町々が煙った頃、洋学者が連座する珍しい事件が人々の大きな話題になった。

　幕府政治は、老中水野忠邦の主導のもとに推し進められていたが、側近として重用されていた目付の鳥居耀蔵《ようぞう》は、新たに勃興《ぼっこう》した洋学派に極度な嫌悪感《けんおかん》をいだき、かれらを抹殺しようとして水野に強く働きかけ、洋学者に激しい弾圧を加えて疑獄事件に発展させた。まず五月十四日に、洋学集団尚歯会の盟主である三河田原藩家老渡辺登（崋山《かざん》）が捕えられ、神経過敏な小関三英は司直の手がおよぶのを恐れて自殺した。洋医高野長英はのがれたが、十八日夜に北町奉行所に自首して、翌日、牢《ろう》に投じられたのである。

　夏の暑熱が増し、伝十郎は父をあちこちと探しまわったが、消息は全くなく、途方にくれた。

　かれの胸に疑念がきざし、それは日を追うて濃いものになっていった。

　父からきいたところによると、本庄茂平次は例のない奸知にたけた男で、父が敵討を願い出て藩邸を立退いたのをいち早くかぎつけたのではあるまいか。父が、兄伝兵衛を闇《やみ》討ちにしたのは茂平次だと確信したことも、なんらかの方法で耳にしたのかも知れない。伯父伝兵衛を巧みに殺害した茂平次だけに、自分を敵とねらう父の命を絶とうとしても不思議はない。父が藩邸を出て実家の井上家に立寄ってから全く消息を絶っていることから考えると、その身に不祥事があったとしか思えない。

悲痛な思いでかれは江戸の町々を歩きまわり、途中で雨に見舞われ、濡《ぬ》れ鼠《ねずみ》になって居所にもどることもあった。

暑熱が町々をおおうようになった頃、父の知人に伊藤和五郎という儒者がいたことを思い出した。数年前までは藩邸の近くに住んでいて、父と囲碁を楽しんでいたが、その後、根岸に移ってから交流はなくなり、一度、品川宿に行った帰りだと言って藩邸に訪ねてきたことがあるだけだった。

根岸は下谷《したや》の父の実家にも近く、井上家に顔を出した父が伊藤の家を訪れたとしても不思議はない。

かれは、朝、八兵衛方を出ると、白く乾ききった道を歩いた。陽光はまぶしく、汗が流れる。金魚売りがゆるやかな足取りですぎ、路傍には虫売りが屋台を置いていて、扇や船の形をした籠《かご》の中から澄んだ虫の声がきこえていた。

根岸に入った伝十郎は、梅屋敷の脇《わき》にある伊藤の家を探しあてた。

戸口に立って奥に声をかけると、白髪の伊藤がすぐに出てきて頬をゆるめ、座敷に招じ入れてくれた。油蟬《あぶらぜみ》の声が家をつつみこんでいた。

　挨拶《あいさつ》を交した伝十郎は、訪ねてきた目的を口にした。父伝之丞が敵討の願書を出して藩邸を立退き、実家にその旨を伝えに立寄ってから行衛がわからず、もしかすると伊藤家に立寄ったことがあるかも知れぬと思い、訪れてきたのだ、と言った。

「来られましたよ」

　伊藤の言葉に、伝十郎は短い声をあげた。

「それはいつのことでございますか」

　伝十郎は、伊藤の顔を見つめた。

「上野の桜がほころびはじめたのを耳にした頃でしたから、三月に入ってすぐでした」

　それは父が藩邸を出てから間もなくのことで、伯父伝兵衛が殺害された下谷御成小路の現場の地に立つなどしてから、伊藤の家に立寄ったのかも知れない。

「父は、どのようなことを言っておりましたか」

　伝十郎は、せきこむようにたずねた。

「兄の敵《かたき》を討つことを藩に届け出て、出奔してきた、と……。敵は？　と問うと、しかとはわかりませんが、およその見当はついております、と言っておられました」

「そのほかにはなにか」

「別に……。当然のことながら敵を討つというだけにけわしい表情をしておられ、黙しがちでした」

「それで帰っていったのですか。これからどこに行くとか、なにか言ってはおりませんでしたか」

伝十郎は伊藤の顔を見つめたが、つづいて伊藤の口からもれた言葉に体が一瞬凍りつくような驚きをおぼえ、顔色を変えた。父が伊藤と対坐《たいざ》していた時、本庄茂平次が訪れてきたという。

伝十郎の頭は、混乱した。父につづいてなぜ茂平次が、伊藤のもとに姿を現わしたのか。かれは伊藤に、

「茂平次殿とはお知り合いで……」

と、問うた。

「左様。以前、下谷の車坂に住んでいた頃、茂平次殿が近くに住んでおられましてな。長崎生れの医者だときき、長崎の話をききに行ったりしてお付き合いができました。医者と申しましても、生かじりの知識を得ている程度の俗医と申しましょうか。私がこの根岸に移り住んだのをどこで耳にしたのか、二度ほど訪ねて参りました」

不意に姿を見せた茂平次に、父は驚いたにちがいなく、表情をこわばらせた父の顔が思い描かれた。

「それで、どうなりました」

伝十郎は、伊藤の表情をうかがった。

「驚いたことに、あなたのお父上は茂平次殿と顔見知りとかで、挨拶を交され、茂平次殿がもっぱら上野の桜のことを話すのを黙ってきいておられました。やがて、お二人そろって家を出てゆきました」

伊藤は、淡々とした口調で言った。

伝十郎は、自分の顔からさらに血の色がひくのを意識した。もしかすると、茂平次はひそかに父の後をつけ、知人の伊藤の家に入ったのを見とどけ、父がどのように自分を考えているのかを探るため、花見の帰りだと偽ってさりげなくつづいて伊藤の家に入ってきたのかも知れない。

茂平次と連れ立って出ていった父は、どうなったのか。父は、まちがいなく茂平次に兄を闇討ちにしたであろうと迫り、茂平次は否定し、激しい言葉のやりとりがあって、茂平次は狡猾《こうかつ》なやり方で父を殺したのではあるまいか。

「どうなされた。顔色が悪いが……」

伊藤が、いぶかしそうに声をかけた。

その言葉に、伝十郎は、

「いえ、別に……。突然、無躾《ぶしつけ》におうかがいし、申訳ありません。これにて」

と、頭をさげ、腰をあげた。

伊藤は、戸口まで送りに出ると、

「御心配ですな。お父上がいらっしゃったら、忰殿《せがれ》が案じて訪ねてこられたことを伝えておきます」

と、言った。

伝十郎は、一礼し、戸口をはなれた。

蟬の声がふりかかり、かれは不意に熱いものが胸に突き上げてくるのを感じた。

父の姿を探し求めて四カ月間歩きまわったが、伊藤のもとを訪れたのを最後に、父の消息は完全に絶えている。敵とねらう茂平次に思いがけず伊藤の家で出遭い、討果そうとして、逆に殺害されたのだろう。

伝十郎は、すでに父がこの世にいないのを感じた。茂平次は、伯父の伝兵衛についで父をも殺したのだ。

近々自分に家督をゆずって隠居すると言っていた父が、返り討ちにあったことが痛ましかった。遺体は川に投げ捨てられたか、それとも土中に埋められでもしたのか。かれは、ふらつく足で歩いていった。

伝十郎は、その日伊藤からきいた話を親類の伊予松山藩士である中村織之進に会って話し、父伝之丞が茂平次に返り討ちにあったことはまちがいないと告げた。中村も伝十郎の推測に異論を唱えることはなく、中村はそれを藩士たちにも伝えた。藩士の中には、夜、伝十郎の寄寓《きぐう》する八兵衛方に来て、茂平次の探索を心がけると申出てくれる者もいた。

伝十郎の江戸市中での徘徊《はいかい》は、父の姿を求めることから茂平次を探りあてることに変った。茂平次は、伯父の敵であるだけではなく、父の敵にもなったのだ。

茂平次は、どこにいるのか。伊藤は、医者とは名ばかりの俗医だと言っていたが、今でももっともらしい言葉で患家の者たちを信用させ生活の糧《かて》を得ているのかも知れない。それとも世渡りのうまい茂平次は、仕事を換えて悠長に暮しているようにも思える。

茂平次を探しあてる心当りはないが、江戸にいることはほぼまちがいなく、精力的に歩きまわる以外にない、と伝十郎は覚悟した。

秋色が濃くなり、かれは人出の多い場所に足をむけ、人々の顔に視線を走らせながら歩いた。祭りがある地へおもむき、十月には巣鴨《すがも》の菊見にも行った。それらしき後姿を眼にして後をつけたが、いずれも人ちがいであった。

その年の暮れ、目付鳥居耀蔵によって捕えられた洋学者の処分が公表されて、大きな話題になった。渡辺登は、年寄末席として属していた三河国田原藩に永蟄居《ちっきょ》の罪人として引渡され、田原に護送された。また、洋医高野長英は、死ぬまで牢にとじこめられる永牢の刑に処せられた。洋学に激しい反感をいだく鳥居が、老中首座となった水野忠邦に強く求めた断罪であった。

年があらたまり、松がとれて間もなく、夕方、八兵衛方にもどると、家の前に武家が立っていた。昨年の二月初旬に父のもとに訪れてきた、伯父伝兵衛の門人であったという十津《とつ》川《がわ》浪人小松典膳であった。

伝十郎は、典膳を部屋に通した。

典膳は藩邸におもむき、熊倉伝之丞親子が敵討の届書を残して出奔し、伝十郎が八兵衛方に居住しているのをきき、訪ねてきた、と言った。

伝十郎は、これまでの経過を話して父伝之丞が返り討ちにあったことは確実だと告げた。

典膳は、言葉も失ったようであったが、

「さぞかし御無念のことと存ずる。貴殿にとりましては、父、伯父の敵。私には師の敵であり、ぜひとも助太刀をいたしたい」

と、強い口調で言った。

伝十郎は、典膳から視線をそらせた。

父は、典膳から助太刀の申出を受けた時、敵討の手続きをすませてからあらためてお話をうけたまわる、と事実上辞退の態度をとったが、父は内心、たとえ兄伝兵衛の門人とは言え、血縁者でもない典膳を死の危険も多分にある敵討に加えることは遠慮すべきだと思ったにちがいない。

かれは典膳に顔をむけると、

「すでに久しい間、心をくだいて茂平次を探しておりますが、今もって行衛《ゆくえ》が知れませぬ。父、伯父の敵、たとえ何年かかりましょうとも探し出さずにはおきませぬ。しかし、相手は雲をつかむようないずれにおるか知れぬ者で、お気持はまことにかたじけないが、そのようなことに加担していただくわけには参りませぬ。この儀は、お断り申し上げます」

と言って、頭をさげた。

「御立派なお心掛け、感服いたしました。お心のほど察しますが、及ばずながら私も探索いたします。なにとぞ助太刀のこと御承認下さい」

典膳は、頭をさげた。

重ねての願いに、伝十郎の気持はゆらいだ。

連日のようにあてもなく町々を歩くが、体が土中に深く沈んでゆくような孤独感をいだいていた。雪や雨の日には出掛けるのが億劫《おっくう》になるが、このような日にこそ茂平次に出遭うかも知れぬと思って町に出てゆくものの、むなしくもどるのが常であった。藩士の中には探索に協力すると言ってくれた者もいたが、今では訪れてくる者は皆無になっている。そうした自分に、典膳は共に茂平次を探し、出遭った折には助太刀をしたい、という。同じ目的をもって敵探しをしてくれる人物がいるのは、心強い。

「それほどまでに言われるのをお断りいたすのは、礼を失します。それならば、なにとぞよろしくお願いいたします」

伝十郎は、手をつき頭をさげた。眼に涙がにじみ出るのを意識した。

典膳は喜び、それより探索の方法について話し合った。

茂平次が江戸にいるのはほぼまちがいないという点で、二人の意見は一致した。典膳は、あらためて茂平次が住んでいた下谷一帯を洗い直し、伝兵衛の道場に茂平次と同じ頃通っていた者たちにも会って、手がかりをつかむという。

伝十郎は、今まで通り人出の多い地に行って茂平次を探すことになった。茂平次と出遭った折には後をつけてその居所を確認し、互いにそれを報《しら》せ合って二人で茂平次を討取ることを申し合わせた。さらに毎月一日夜、典膳が伝十郎の居所に来て互いに探索の結果について話し合うこともきめた。

その後、伝十郎は江戸の町々を歩きまわることをつづけ、毎月一度訪ねてくる典膳と情報を交換し合った。典膳は心当りを探して歩いてまわったものの手がかりはなかったが、望みを決して捨ててはならぬと伝十郎をはげまし、伝十郎もそれを心の支えとして、市中を歩きまわった。

四月に入って間もなく、飯倉《いいぐら》片町で百姓の敵討があったことが江戸市中の評判になり、瓦版《かわらばん》も出まわった。

それによると、十一年前の文政十二年（一八二九）九月十七日夜、水戸藩領の常陸《ひたち》国下那珂《しもなか》西《さい》村の百姓乙吉方に郷士の西野藤十郎が押しかけてきて、喧嘩《けんか》をした男が来ているであろうと迫り、乙吉がおらぬと答えると、気持のたかぶった藤十郎は抜刀して乙吉に斬《き》りつけ、その傷がもとで乙吉は三日後に死亡した。

乙吉の倅乙蔵は十歳であったが、敵を討とうと決意し、自己流で剣術にはげんだ。

出奔した藤十郎は行衛知れずとなっていたが、今年に入って江戸にいるという噂《うわさ》を耳にし、乙蔵は、刀を風呂敷《ふろしき》に包んで江戸に出ると、馬喰《ばくろう》町の旅宿苅豆屋茂右衛門方に投宿した。

わずかな路銀しか持っていなかったので、七日後に旅宿を出て野宿をしながら藤十郎の住んでいるときいている麻布《あざぶ》近辺を探しまわった。

三月九日、芝愛宕《あたご》神社の縁日に行った乙蔵は、人混みの中に藤十郎を見出《みいだ》したが、すぐに見失い、その月の二十四日に再び愛宕神社に行き、藤十郎の姿を見かけた。しかし、藤十郎には刀を帯びた二人の連れがあって討ちかかることができず、さらに四月九日夕方、愛宕神社から麻布へむかう途中、藤十郎の姿を眼にした。

その時も三人の連れがあり、後をつけると飯倉町の小料理屋に入っていった。乙蔵が物陰に身をひそませて待っていると、四ツ（午後十時）頃、酔った藤十郎たちが出てきた。

かれらは歩き出し、やがて連れの者が別れて藤十郎一人になり、同所片町御納戸《おなんど》同心大村久次郎の家の前に来た時、乙蔵は親の敵と声をあげ、二尺二寸の刀で藤十郎の左腕を斬り落し、さらに咽喉部《いんこうぶ》を突き刺して絶命させた。

夜もふけていて人通りもなく、放心したように立ちつくしていると、揉《も》み療治の盲人が通りかかったので唯今《ただいま》親の敵《かたき》を討ちましたが、どのようにしたらよいのでしょうか、とたずねた。

盲人は、近くの辻《つじ》番所に届け出るようにと教えてくれ、乙蔵は、上杉弾正大弼《だいすけ》の中屋敷辻番所へ届け出た。

翌日、御徒《おかち》目付、小人《こびと》目付が出張して検視し、詳細な吟味の末、敵討に相違ないことが認められた。敵討の願書が提出されていなかったことに難があったが、老中水野忠邦のはからいで乙蔵は水戸家に無罪放免ぶくみで引渡された。乙蔵二十一歳、藤十郎四十二歳であった。

この出来事は、伝十郎に大きな刺戟《しげき》をあたえた。

乙蔵が敵を討ち果したのは、父親が殺されてから十一年後。伯父が殺されたのは一年五カ月前、父が返り討ちにあったと推定されるのはほぼ一年前。敵討は本懐を遂げるまで長い歳月を要し、もしかすると敵を討つこともできず、年老いて死を迎えることも十分に予想される。

敵を討ち果すことができれば帰藩して仕官が許されるが、それが不可能の場合は、流浪《るろう》の身のままで家名は断絶となる。あくまでも敵を討たなければならないが、それは気の遠くなるようなかなり先のことになるかも知れない。

乙蔵という百姓の伜は、愛宕神社に行って敵を見出したというが、人出の多い場所を歩くのがやはり得策らしい。それに神社に参拝したことで、神が乙蔵の志を健気《けなげ》なものとして敵にめぐり合わせてくれたのだろう、とも思った。

伝十郎は、神社、仏閣に参拝すべきだと考え、とりあえず愛宕神社に足をむけ、本懐を遂げさせて欲しいと祈願した。

その夏は雨の日が多く、九月に入ってようやく空の青く澄んだ日がつづくようになった。

伝十郎は、祭礼、縁日などに足をむけ、盛り場も歩くことをつづけていたが、茂平次の姿は眼にできず、典膳もなんの手がかりも見出せなかった。

伝十郎は、気落ちして外に出ぬこともあったが、その度に飯倉片町の敵討を思い起して気持をふるい立たせた。乙蔵は十歳の時から剣術を身につけ、十一年後に藤十郎を討っている。決して豊かではない百姓の伜乙蔵が終始怨念《おんねん》をいだきつづけて目的を果しているのに、伊予《いよ》松山藩士の嗣子《しし》である自分が、早くも気持が萎《な》えかけているのは恥しい。

かれは江戸市中を歩きまわり、典膳と連絡を取り合った。時には典膳と刀を抜き合い、剣術の稽古《けいこ》をすることもあった。典膳の剣は、修練を積んできただけに鋭かった。

天保十二年が明け、降雪がしばしばあって家にひきこもることが多かった。

閏《うるう》正月三十日、幕府に事実上君臨していた前将軍家斉《いえなり》が六十九歳で死去し、江戸市中は鳴物禁止となった。

幕府内には、家斉と現将軍家慶《いえよし》のそれぞれの側近が対立関係にあったが、家慶を擁する老中首座水野忠邦は、果敢にも家斉派の大量粛清をし、水野の勢力はゆるぎないものになった。

人々は、独創と決断力に富む水野が、どのような政策をおこなうのか期待していたが、五月十五日、将軍家慶は、老中列坐《れつざ》の中で幕政の積極的な改革を申渡した。これは、将軍の発意の形をとった水野の手になる改革令であることを、人々は知っていた。

まず幕府の最も重要な経済基盤である農村対策の改革が推し進められ、さらに質素を美徳とする儒教の倫理観から奢侈《しゃし》を禁じる政令がつぎつぎに発せられ、江戸市民は大きな驚きをおぼえた。

雛《ひな》人形、能装束、婦人の衣服、櫛《くし》、簪《かんざし》類の華美なものの使用を厳禁し、それらを生産、販売する職人や商人にも取締りがおよんだ。夕涼みの花火、七夕の飾り物、富くじにもきびしい禁止令が出された。

十一月に入ると、取締りの対象が興行物にもむけられ、女浄瑠璃《じょうるり》の女三十六人と関与者の男七人がお召捕りとなり、三味線は取上げられてこわされた上焼き捨てられるという出来事が起った。捕われた女浄瑠璃たちが居住する家主も入牢《にゅうろう》の上、手鎖りの刑に処せられ、苛酷《かこく》な政令に市民たちは恐怖をいだいた。

さらに歌舞伎《かぶき》、能、舞の芸人にも取締りの手がのび、寄席《よせ》芸人は処罰され、読物作家も捕縛された。娯楽を統制された市民の失望と不満は大きく、江戸の活気は失われた。

そうした中で十二月二十一日、矢部駿河守定謙《するがのかみさだのり》が南町奉行を免ぜられ、代りに目付鳥居耀蔵《ようぞう》がその任についた。この交替は、鳥居の狡猾《こうかつ》な工作によるものと言われた。

矢部は、高い評価を受けていた幕吏で、江川英龍《ひでたつ》、川路聖謨《としあきら》とともに洋学に深い理解をしめし、鳥居に処罰された渡辺登、高野長英とも親しかった。儒学を信奉していた鳥居は矢部に激しい憎悪《ぞうお》をいだき、その失脚をくわだててあらゆる手段をとって不正ありとして告発し、水野はこれをいれて矢部を罷免《ひめん》し、代りに鳥居を南町奉行に任じたのである。

矢部は追放されて桑名藩に禁錮《きんこ》された。この町奉行交替のいきさつは市中に流れ、鳥居に対する嫌悪《けんお》の念がたかまった。

年が明けると、町奉行鳥居の取締りはさらに強化され、鳥居が甲斐守《かいのかみ》であることから鳥居を人々は耀甲斐《ようかい》（妖怪《ようかい》）と称した。

　鳥居は、町奉行支配の与力、同心を駆使して取締りを徹底させ、与力たちは功をあげるために摘発をきそい合い、囮《おとり》捜査も日常化して多くの者を捕縛し、同心の中には職権をかさに商人などに酒食、金品を強要する者もいた。

　江戸には陰惨な空気がひろがり、禁制品を扱う商家は軒並み店を閉じ、縫物、飾り物職人などは仕事を失った。これによって市況は全く生気を失い、自殺者も出た。

　鳥居によって失脚した前町奉行矢部定謙に対する鳥居の追及はやまず、矢部に御政道批判の罪名まで負わせて三月二十一日には養子鶴吉の武士の身分を取り上げて家名を断絶させ、矢部の家臣たちを死罪をはじめとした刑に処した。

　この処置に、人々は鳥居に激しい反感をいだいたが、老中首座水野忠邦は、鋭敏な頭脳を持ち機に応じて素速く動く鳥居に絶大な信頼をおいていた。

　伝十郎は、江戸の神社、仏閣を歩きまわったが、祭礼は改革令で自粛され、町々の空気は沈滞してにぎわっていた繁華な通りも人の姿がまばらになっていた。

　かれは、周囲に視線を走らすこともなく漫然と歩いている自分に気づくことも多くなった。上野、浅草、新宿、隅田堤から深川、千住《せんじゅ》、向島にも足をのばしたが、何度も歩きまわった見なれた町々がただ眼に入るだけで、人の顔には視線をむけない。空腹を感じてそばや天麩羅《てんぷら》を口にするが、味覚も失われていた。

月に一度、夜に典膳が訪れてきたが、典膳の話すことは、派手な着物を着た商家の妻が路上で同心にとがめられて半裸にされたことや、深い笠《かさ》をかぶらず歩いていた歌舞伎役者が捕えられて牢《ろう》に入れられたという噂などで、茂平次に関する話は出なかった。茂平次は、土の中にもぐったように消息が全く絶えていた。

その年の秋、伝十郎は、旅に出てみようかと思う、と典膳に言った。

「どちらへ……」

典膳がたずね、伝十郎は、長崎にと答えた。

茂平次が必ず江戸にいると思って探しつづけたが、すでに三年半がたち、茂平次に関する風聞はなく、気配もない。江戸にいると思ったのはまちがいで、他国に去っているのではあるまいか。もしもそうであるとしたら、茂平次は故郷の長崎にもどっている公算が大きい。親戚、知人もいることだろうし、そのいずれかの家に身を寄せているかも知れない。

「私もそれを考えてはいましたが、何分にも遠隔の地であり、旅の費用もばかになりませぬ」

典膳が、思案するような眼をした。

「路銀についてはお心づかい下さらなくとも……」

伝十郎は、藩主から下賜《かし》された金が十分に残っていることを口にし、典膳と切りつめた旅をすれば少しも気にかけることはない、と言った。

「それでは共に参りましょう。長崎に行けば、そこにおらぬにしても、必ずなにかの手がかりはつかめましょう」

典膳は、何度もうなずいた。

翌日、伝十郎は、親戚《しんせき》の藤田市右衛門のもとにおもむき、これまでの経過を話して長崎に行くことをつたえ、藤田があずかってくれている藩主からの御下賜金の残りの半ばを受取った。

旅装をととのえた伝十郎は、四日後に早朝迎えに来た典膳と八兵衛方を出立《しゅったつ》した。

東海道を西にむかったが、諸国修行をつづけていた典膳は旅なれていて、初めて旅らしい旅に出た伝十郎は心強かった。典膳は、足を痛めぬのを第一の心がけとすべきだと言って、決して急ぐことはせず、適当に新しい草鞋《わらじ》にはきかえる。旅籠《はたご》は家の作りのよい旅人のよく入る宿をえらび、火災の折の用心にと言って裏表の出口をしらべるのが常であった。

箱根の関所をすぎ、大井川を川渡しで渡って街道を進んだ。道中、伝十郎は人の顔に視線を走らせ、茶店で休息をとる時も往《ゆ》き交う旅人に眼をむけていた。

京、大坂をすぎ、山陽道に入ってさらに西へむかった。足に豆ができた折には、典膳は針に通した木綿糸に矢立の墨を十分にふくませ、それを豆にさして横に通した。黒くなった豆は、一夜すぎるとすっかり癒《い》えていた。

姫路、岡山、広島、徳山をへて赤間関《あかまがせき》（下関）に至り、海峡を渡って小倉に上陸した。伝十郎は、典膳とゆっくり長崎街道を進んだ。茂平次の郷里である長崎にむかっていることに緊張と気持がはずむのを感じていた。

二人が長崎の町に入ったのは、十一月に入って間もなくであった。かれらは、浜町の旅籠に宿をとった。

意外であったのは、長崎の町々がひっそりしていることであった。長崎は蘭《らん》船、唐船の出入りする港町で貿易に従事する商人たちが集り、活気にみちているときいていた。華やかな祭礼が絶え間なくつづき、町は一年中沸き立つようににぎわっているという。しかし、町には華美な衣服をつけた女たちの姿はなく、絃歌《げんか》の音も全くしない。伝十郎と典膳は宿の者から、それが江戸にも増して厳しい倹約令が長崎奉行によって布達されている結果だということを知った。

奉行柳生伊勢守《やぎゅういせのかみ》は、江戸よりの改革令の指示を忠実に実行に移し、華やかさになれた長崎市民をふるえあがらせた。倹約の町触れを繰返し発し、料理屋での宴会をはじめ賭博《とばく》、闘鶏、花札を禁じ、長年の習俗である盆祭りの墓所での花火をあげることも禁止した。衣服は粗末なものに限り、雛人形、鯉《こい》のぼりも小型のもののみを許した。

柳生に任期が来て退任することに市民は喜んでいたが、九月に着任した新奉行伊沢美作守《みまさかのかみ》は柳生にも増した倹約令を徹底させ、専属の組与力十人、同心十五人を置いて取締りを強化した。

柳生は江戸にもどっていったが、その直後の十月二日、高島秋帆《しゅうはん》（四郎太夫）が奉行所の白洲《しらす》に引き据えられ、伊沢奉行によって即日揚り屋入りを申渡されたことが伝わり、長崎は大恐慌《だいきょうこう》におちいった。

町年寄の秋帆は西洋式砲術の大家で、二年前の九月に奉行所を通して幕府に、洋式砲術を採用して海防を厳にするよう上申した。幕府はそれをいれ、秋帆は大砲四門、小銃五十挺をたずさえて江戸へ行き、徳丸ヶ原で砲術を実演してみせ、感嘆させた。幕府はこれを賞して白銀二百枚を秋帆に下賜し、幕臣に砲術を教授するよう命じた。それによって門人に江川太郎左衛門《たろうざえもん》（英龍）、下曾根《しもそね》金三郎などが輩出し、高島流砲術はひろがった。

長崎にもどった秋帆は、五島浦で初めて銃による捕鯨術を考案、実施し、長崎会所調役頭取として尊敬を一身に集めていた。

秋帆の投獄とともに忰《せがれ》や家臣も捕えられ、親しくしていた唐通事《とうつうじ》らも入牢となった。さらに高島の屋敷に与力、同心らが配下の者とともにおもむき、大砲、小銃をはじめ収集していたおびただしい蘭書《らんしょ》を押収《おうしゅう》、家財その他をことごとく土蔵に入れて封印した。倹約令の取締りに恐れおののいていた人々は、思いもかけぬ秋帆のお召捕りに、一層の衝撃をうけ、戦慄《せんりつ》した。

そうしたことから、長崎の町々は凍りついたように静まり返っていたのだ。

伝十郎は、ひそかに典膳とともに茂平次の姿を求めて動きまわった。まず茂平次が唐船貿易に関与した小役人であったことを突きとめ、同僚であった者や唐通事と接触し、その身辺を洗った。

茂平次の風評は甚だかんばしくなく、賭博好きで、職務をかさにきて押し借りをかさね、金銭に対する執着がきわめて強く、豊かな者に巧みに取り入る。丸山の遊女から金をかすめ取ったことすらあったという。

やがて、その年も押しつまった頃、元唐小通事末席の男からこの上ない話を耳にした。

茂平次は、借金の踏み倒しなどから十年ほど前に長崎をはなれて江戸に去ったが、二年前の天保十一年の六月に妾《めかけ》を伴って長崎に姿を現わし、貿易にたずさわる役人や商人の間をしきりに歩きまわって、二カ月後に江戸へもどっていった。妾はそのまま長崎にとどまっているという。

伯父伝兵衛が殺されたのは天保九年の十一月二十三日で、それから三カ月後に父伝之丞が返り討ちになったと推定されるが、茂平次はその後も一年ほどは江戸にいたことになる。

行方知れずの茂平次の足跡をようやくつかむことができた伝十郎は、長崎へ来た甲《か》斐《い》があった、と思った。

年が暮れ、天保十四年が明けた。正月は祭礼でにぎわうというが、寺社詣《もう》でや年始まわりの者の姿が眼にできるだけで、三味線や太鼓の音もきこえず、静かであった。

なぜ茂平次が天保十一年に長崎にもどってきたのか。元小通事末席の男は、茂平次が、目付の鳥居甲斐守（耀蔵）に眼をかけられ、近々鳥居が長崎奉行に転任するので、着任した折には優遇してもらうように口をきいてやる、と言って地役人や商人たちに金品を求めた。高島秋帆にも近づいたが、茂平次の人柄を嫌う秋帆はそれをはねつけたという。

元小通事末席の男は、茂平次が鳥居と親しいなどとは口から出まかせのことで、それは地役人たちから金品をかすめとる手段であり、事実、鳥居は長崎奉行に就任などせず、江戸にあって町奉行に栄進したという。伝十郎も典膳も、元小通事末席の言う通りだ、と思った。老中首座水野忠邦の第一の側近として絶大な権力をもつ鳥居が、無頼の徒にもひとしい元長崎の小吏であった茂平次などを手もとに近づけるはずもない。その話に、伝十郎は、茂平次が虚言を弄《ろう》する狡猾な男であるのを感じた。

これ以上長崎にとどまっていても情報を得られぬのを知った伝十郎は、典膳と話し合い、近々に長崎を去ることをきめた。収集した情報で、天保十一年八月に長崎をはなれた茂平次は、江戸にもどり、どこかに潜伏していることは確実だった。

正月十九日は夜明け前から風雨が激しく、宿はたたきつける雨の音につつまれていた。

朝食をすませた伝十郎は、宿の者から秋帆と悴をはじめ家来たち十七名が、明け六ツ（午前六時）に牢屋敷を出て江戸に護送されたことをきいた。雨の降りしきる暗い道を囚人駕籠《かご》がつらなってゆくのを、町の者たちがひっそりと見送り、中には手を合わせる者もいたという。

秋帆は砲術家として多くの蘭書に親しみ、西洋風をことのほか嫌う鳥居が秋帆に憎悪をいだいて捕縛を命じ、江戸に護送させたにちがいなかった。

伝十郎は、重苦しい気分になり、四日後に長崎をはなれた。

二人が江戸についたのは、桜が散った頃であった。



伝十郎は、長崎からの帰途、佐賀の旅籠で同宿になった旅まわりの商人からきいた話が、江戸にもどってからも胸にこびりついてはなれなかった。

商人は、伝十郎と典膳が敵討《かたきうち》をしようとしているなどとは知らず、佐賀藩領を旅している折に耳にした話を口にした。

皿山という山村に松本家という豪農の家があり、その家の墓所に豊前《ぶぜん》さんの墓と刻まれた小さな墓がある。

家の者の話によると、敵討の旅をつづけていた豊前小倉藩の藩士が、松本家の前に行き倒れになっていた。家人が家に運び込んで介抱し、その効あって恢復《かいふく》し、元藩士はその家にとどまって御礼のためだと言って雑用を引受け働くようになった。

家人は、元藩士が無一文であるのを知り、

「路銀がなければお貸ししますから、敵討の旅をおつづけなさい」

とすすめたが、元藩士は無言で首をふるだけであった。

名も明かさなかったので、家の者はかれを豊前さんと呼び、いつしかかれは居つきの奉公人として働いた。人に親しまれたが口数は少く、そのうちに病いにおかされて死亡し、葬《ほうむ》った家人は豊前さんと刻んだ墓碑を建てたという。

商人は、

「敵に出遭うのは百に一つあるかどうかであるそうで、旅の途中で行き倒れになったり、気持がくじけて刀を二束三文で売り払い、町人になる者も多いとききます。豊前さんも、もう敵討などする気は毛頭なかったのでしょう」

と、痛ましそうに言った。

その話が、重い碇《いかり》のように胸の底に沈んではなれない。

元豊前小倉藩士の心境が、伝十郎にはよく理解できた。元藩士は、長い間敵を求めて歩きまわり、金もつきて行き倒れになった。介抱をうけて病いも癒えたかれは、気力がすっかり失われているのを自覚したのだろう。

敵はどこにいるかわからず、その旅は果しなくつづき、敵を見出《みいだ》さずに終ることもある。もしかすると敵はすでに死んでいるかもわからず、存在しないものを探す無為な旅であるのかも知れない。

元藩士は行倒れになったことで、迷うことなく敵を討つ気持を放棄したのだろう。保護してくれた家の者に感謝し、武士であった矜持《きんじ》も捨てて奉公人として働き、それに満足して死を迎えたにちがいない。

伝十郎の眼の前に、豊前さんの墓と刻まれた小さな墓石が浮んでいた。

江戸にもどってから、連日のように町々を歩きまわったが、あらためて江戸の広さを感じた。

町人たちの住む町に入ると、横丁に狭い道が複雑に入り組み、家がひしめき合うように建ち並んでいる。それは土中に迷路のようにうがたれた野鼠《のねずみ》の巣に似て、人が家々を出入りし、路地を行き交う。

茂平次は、それらのいずれかの家に起居し、路地を歩き、時には夜道を小走りに急いだりしているのだろう。同じ江戸の地に茂平次はいるのだろうが、それを探しあてるのは至難に思えた。

江戸の町では相変らず倹約令の取締りがきびしく、江戸にもどった直後、花見に派手な衣服を身につけて歩いていた商家の若い妻と娘四人が召捕えられ、仮牢《かりろう》に投じられた。衣類は焼き捨てられ、親、夫、兄弟が三貫文の過料に処せられたという。

また、四月に入ると、飾り物をあつかう商人や職人と踊りの師匠、料理屋の主人、歌舞伎《かぶき》役者ら五十七名が一斉に捕えられ、手鎖、追放、押込、過料を申渡されて、その後もそれに類した処罰がつづいた。

これらの取締りはむろん南町奉行鳥居耀蔵《ようぞう》の指示によるもので、奉行所の与力、同心たちは小者を使って市中にきびしい監視の眼をそそいでいた。

伝十郎は、人出の多い神社の祭礼に足をむけることを繰返していたが、御輿《みこし》が出ることはなく、着飾った女の姿もない。かれは参拝し、人の姿に視線を走らせていた。

梅雨の季節に入り、傘をさして雨中をあちこちに足をむけたが、歩くことに倦《う》むようにもなっていた。茂平次が江戸にいるのはまちがいないが、長い間歩きまわっているのに、土中にもぐったようにその姿を眼にすることはできず、見かけたという情報も全くない。

豊前さんと刻まれた墓碑が眼の前にちらつき、敵討を断念した元藩士の心情が胸にのしかかってくる。返り討ちにあった父のことを思うと憤《いきどお》りで体が熱くなるが、探し求めても茂平次にめぐり合うのは永久にありはしないという諦《あきら》めも胸に湧《わ》く。かれは苛立《いらだ》ち、眼に涙がにじみ出るのを感じていた。

自分から酒を飲むことのなかったかれは、いつしか夕方になると縄のれんの店に立寄るようになった。酒の味もおぼえ、銚子《ちょうし》をかたむけると憂《う》さがはれる。店には町人たちがいて、にぎやかに酒を飲み、笑い声も起っている。伝十郎の衣服はくたびれていて縫い目がほころび、周囲で酒を飲む男たちの中に自分がすっかりとけこんでいるのを感じる。

かれは、陽気に談笑するかれらに羨望《せんぼう》に近いものをおぼえていた。武家の家に生れたことで敵を探し求める日々をすごしているが、かれらにはそのような義務をはたす必要はない。敵を討つことができなければ帰藩は許されず、浮草のように漂い流れ、やがて老いさらばえて死を迎える。

長崎に旅したこともあって親戚にあずけてある金も半ば近くは使い果していて、行く末の心細さが身にしみる。それもつきれば、親戚《しんせき》の間を物乞《ものご》いのように歩くようにもなるのだろう。

かれの唯一《ゆいいつ》の慰めは、月初めに訪れてくる典膳と会うことであった。茂平次に関する話はなにもなかったが、典膳は、江戸市中で眼にし耳にしたことを明るい声で話す。はつという有夫の女が、弥兵衛という男と密通して男とともに夫を殺し、それが発覚してはつは引廻しの上磔《はりつけ》、男は獄門に処せられたという話などをする。

そのようなことを話した後には、

「人はさまざま、それぞれに生き死ぬる」

というのが典膳の口癖であった。

その年の夏は例年になく暑さがきびしく、暑気あたりで倒れて死亡する者もいるという噂《うわさ》がしきりであった。

八月十三日、鳥居耀蔵は、南町奉行の職はそのままに勘定奉行との兼任を老中列座の中で申渡されたことが市中につたえられた。その栄進は、むろん老中首座水野忠邦の意向によるもので、鳥居の権勢はさらに増し、水野との結束は一層強固なものになったと言われた。

それを裏づけるように、水野は九月十四日に上知令を公布し、鳥居はその実施に取り組んだ。その政令は、江戸、大坂の十里四方を幕府直轄《ちょっかつ》領にくり入れるというもので、幕府の財源収入をはかるねらいがあった。

これが実施されると大名、旗本の領地は取上げられ、それらの地の領民の負担が重くなるので、領主、領民双方から激しい反対の声があがった。

幕府内でもこの政令を批判する老中たちが多く、かれらは結束して水野と対立した。反対派の勢力は急速にふくれあがり、水野は窮地に立たされた。鳥居はあくまでも水野を支持して上知令の実行にふみきろうとし、そのためには反対派を粛清すべきだと主張したが、水野はそのような強攻策をとるべきではないと言って進言を退けた。

やがて上知令反対の大勢は決し、それがゆるぎないものであるのを感じた鳥居は、自分の地位を守るため一転して水野を裏切り、反対派に身を投じた。

水野は完全に孤立し、絶大な権勢をほこっていたかれは、将軍家慶《いえよし》からもうとんじられ、閏《うるう》九月一日から病気を理由に登城しなくなった。七日には上知令は撤回され、十三日に水野は「不行届之《の》儀有レ之《これ》」として老中を罷《ひ》免《めん》された。

江戸市中は、その報に沸き返った。苛《か》酷《こく》な倹約令に大きな不満と怒りをいだいていた市民たちは、水野の失脚に喜びの声をあげた。

水野は罷免と同時に西丸下の役宅の引払いを即刻命じられたが、罷免がつたわったその日に屋敷の前に町人たちがぞくぞくと押しかけ、夜に入るとその数は数千名にもふくれあがって、えい、えいと掛け声をあげ、ただならぬ空気となった。そのうちに屋敷内への激しい投石がはじまり、附近の辻《つじ》番所にふみ込んだ町人たちは畳、建具をはじめ諸道具を引き出して濠《ほり》に投げ込み、その勢いに辻番所の番人、足軽は逃げた。近くの大名屋敷では人数を繰出して門をかため、高張提灯《たかはりぢょうちん》を門の外にかかげて警戒にあたった。

町人たちは、さらに水野の屋敷の不浄門を破壊して気勢をあげ、収拾のつかぬ状態になった。南町奉行鳥居耀蔵は与力、同心らを総動員して出馬し、三十九名を捕えてようやく夜九ツ（午前零時）に騒ぎはしずまった。

この騒動は江戸市中にひろく伝わり、翌日には男女の見物人が水野の屋敷の前にむらがった。小気味よいと言って、おどけたように踊る者もいた。

江戸の空気は一変し、明るいものになった。倹約令はそのままつづけられていたが、取締りはゆるやかになり、料亭では三味線の音や歌声が起るようになった。水野に代わって阿部《あべ》正弘《まさひろ》が、老中首座に就任した。

長崎に滞在していた時、捕えられた砲術家高島秋帆と家臣らの江戸護送を知っただけに、伝十郎は秋帆のその後について関心を寄せていた。

町奉行鳥居耀蔵のきびしい吟味では、秋帆が長崎の屋敷を堅固な城郭のようにかためて銃砲をそなえ、兵糧米《ひょうろう》も貯《たくわ》えて幕府に対し謀叛《むほん》の企てをしていたという。六年前に大坂で起った大塩平八郎の事件と同様の、反幕府の動きとみているようであった。しかし市中には、西洋風を激しく忌《い》み嫌う鳥居が、西洋砲術の大家である秋帆を抹殺するため、あらぬ嫌疑をかけているという声が流れていた。

晴天の日がつづき、気温が低下した。十一月二十五日には初雪があって、夜半からの激しい雪が四ツ（午前十時）すぎまでやまず、町々は白一色になった。

その日、伝十郎は風邪をひきこみ、ふとんに身を横たえた。高熱を発し、咳《せき》が激しく食欲は失われた。

数日後に熱がさがったものの、その後も微熱がつづいて体がだるく、寝たり起きたりしてすごした。家主の八兵衛は、雞卵《けいらん》を買い求めてきて粥《かゆ》にそれを添えてくれたりした。

その年も暮れ、天保十五年の正月を迎えた。

珍しく暖い正月で、松がとれた頃には体調がようやく恢復し、床をひきはらって外出するようになった。

寺社に詣《もう》でる者の衣裳《いしょう》も旧に復し、華やかな衣服を身につけた女の姿もあった。伝十郎は、途中、疲れて茶店の縁台に長い間坐《すわ》ったりしていた。雪はみられず、終日雨が降りつづく日もあった。

かれは、惰性のように町々を歩いてまわったが、二月に入って間もなく、川崎大師に参拝した後、品川宿に行って遊女屋に入った。

縄のれんで酒を飲んでいる時、町人たちはさかんに女郎と戯《たわむ》れたことを口にし、笑い声をあげていた。卑猥《ひわい》な言葉もきこえ、伝十郎は思わず苦笑いをすることもあった。

藩邸にいた頃は、藩士たちが遊女屋で遊んだ話を何度かきいたが、部屋住みの身であったかれは、謹直な父伝之丞を意識してそのような享楽《きようらく》は無縁のものと考えていた。しかし、すでに父は亡《な》く、あてもない日々を送っているかれは、藩邸に住んでいた頃とはちがう自分を感じていた。髪の乱れも気にならなくなり、薄汚れた衣服と履物をつけて歩く自分は、浪人そのものに見えるにちがいなかった。町人の自分にむける眼に、かすかに蔑《さげす》みの光がかすめすぎるのも気づいていた。

毎日が物憂《ものう》い日々で、心身ともに徐々に腐ってゆくような気さえする。このままでは、何事にも反応しない呆《ほう》けた人間になる恐れもある。それを防ぐためには刺戟《しげき》が必要で、人並みに遊女の体を抱くのもその一つだと考え、江戸では人眼にふれる恐れがあるので品川まで足をのばしたのだ。

相手になった初梅という女は十七歳で、売られて来たばかりだと低い声で言ったが、事実らしく動作がひどくぎこちなかった。顔にはお白粉《しろい》が厚く塗られていたが、首から下は浅黒く、土の臭《にお》いというか耕地を歩いている折に感じる臭いがかすかにしていた。伝十郎は、体が熱くなりはしたものの気持は冷えて、呆気《あつけ》なく女の体から身をはなした。

翌朝早く遊女屋を出たかれは、索漠とした思いで道をたどった。敵討《かたきうち》のために藩主から下賜《かし》された金を遊蕩《ゆうとう》に費したことが悔まれた。西風が吹きつけ、品川の海には白波が立っていた。

両国橋の西広小路では、下谷の住人竹沢藤治という独楽《こま》まわしの芸人が大きな仮屋を設け、手妻《てづま》とぜんまいからくりの見世物を興行し、江戸の大評判になっていた。伝十郎も足をむけたが、仮屋の前に人がむらがり、これも倹約令のゆるんだことをしめすものに思えた。かれは、人の顔から顔に視線を移したが、茂平次らしき者は見出せなかった。

梅雨の季節に入って雨が降りつづき、ことに五月九日は夜半から豪雨となったが、暁七ツ（午前四時）頃、江戸城の本丸から出火した。天保九年の西丸の火事の折に初めて町火消を入れた前例にしたがって、町火消が江戸城に入り、御表、大奥は残らず焼失したが、櫓《やぐら》、門に迫った火は消しとめた。町火消の働きは賞讃《しょうさん》を浴び、ことに見事な指揮をとった一番組の組頭伊兵衛は、い組の伊兵衛として錦絵《にしきえ》までになった。

翌六月二十一日、幕府内に思わぬ動きがあって市民を驚かせた。失脚した水野忠邦が召し出されて、再び老中首座に就任したのだ。

理由は定かではなかったが、オランダ国王からの開国勧告状が将軍に寄せられたり、イギリス軍艦が宮古、八重山諸島を測量したりなど国際問題が緊迫化していたので、外国事情に通じている水野を起用したのだろう、という噂がもっぱらだった。

その再任は、当然のことながら江戸市民に失望感をあたえた。老中たちの間でも不評であるらしく、病気と称して登城しない者が多いという話もつたわり、

「此節《このせつ》御老中方、皆々病気ニて引込なり、水印（水野越前守《えちぜんのかみ》忠邦）見舞ニ行也、水印もし御病気ハいかゞに候哉《そうろうや》、皆々水ニ当られました、水印御食ハいかゞ、皆々ハイ越前（一膳《ぜん》）ぐらいさ。」

という落し噺《ばなし》なども流布《るふ》した。

水野は登城して執務していたが、すでに勘定奉行の兼任をとかれていた鳥居耀蔵の南町奉行職を突然、取り上げた。あきらかに上知令実施の最終段階で水野を裏切った鳥居に対する報復人事であった。

苛酷な倹約令の取締りを強行していた鳥居の罷免は、市民たちを大いに喜ばせ、町々はその話で持ちきりであった。

巣鴨《すがも》の植木屋の菊づくりはすっかりすたれていたが、鳥居の失脚で勢いづいたように巣鴨と駒込《こまごめ》富士前あたりから染井辺、さらに白山、千駄木、根津あたりまでの植木屋八十軒ほどが一斉に菊づくりをし、十月に入るとおびただしい見物客がむらがった。

伝十郎も典膳とともに巣鴨と染井の菊を見に行ったが、道には人出をあてにした茶店、菓子屋、飯屋、そば屋が店開きをし、菊の番づけ売りも歩いていた。

十月下旬、伝十郎は再び品川宿の遊女屋へ行った。

登楼したかれは、初梅が別人のようになっているのに驚いた。おびえた眼をしこわばった表情をしていた初梅は、売られてすぐに接した客であったためか伝十郎の顔をおぼえていて、はずんだ声をあげて体にしがみついてきた。

顔は明るく眼に媚《こ》びの光がうかび、ふとんに体をすべりこませると、巧みに伝十郎を導いた。その技巧に伝十郎は初めて身のふるえるような快感をおぼえ、恍惚《こうこつ》とした。土の臭いなどみじんもせず、かぐわしい香が初梅の体をつつんでいて、ささやく声は甘美であった。

伝十郎は、初梅が短い期間に客扱いにすっかりなれた遊女になっていることに呆然《ぼうぜん》としながらも、愛らしく思った。

十二月二日、天保が弘化《こうか》と改元され、年があらたまって弘化二年になった。

二月二十二日、幕府内で思いもかけぬ出来事が起り、それはたちまち市中にひろがった。老中首座に再任されていた水野忠邦が、病気を理由に罷免されたのだ。

さらに夕七ツ半（午後五時）には鳥居耀蔵《ようぞう》が評定所に連行されて、「不埒《ふらち》之儀有レ之」として肥後人吉《ひとよし》藩主相良遠江守《とおとうみのかみ》預けとなり、その藩邸に禁錮《きんこ》された。

それにつづいて三月九日には、高島秋帆に対する鳥居の取調べが不正の趣きありとして、その吟味を鳥居に一任していた水野の責任は重大で「不届之至」であり、将軍の不興を買っているとの申渡しがあった。これによって鳥居の禁錮は、秋帆に対する不当な吟味であることが明白になった。

江戸徳丸ヶ原で西洋砲術の演習をしてみせて賞讃された秋帆が、長崎で逮捕されて、江戸に護送されたことは大事件であった。連座する者が多く、謀叛の企てありとして秋帆は極刑、他の者もきびしい刑に処せられると予想されていた。しかし、秋帆に対する嫌疑はすべて鳥居の捏造《ねつぞう》によるもので、それを知った江戸市民の驚きは大きかった。

伝十郎の周囲の者は、妖怪《ようかい》と称された鳥居に対する憎悪《ぞうお》から、秋帆の嫌疑がはれたらしいことを喜んでいた。

花見の時季を迎え、かれは、上野、隅田堤と歩きまわった。どちらも人出は多く、顔から顔へ視線を移して歩いた。すでに六年間、人の多く集る江戸の町々をくまなく繰返し歩きまわったが、茂平次の姿は眼にできない。江戸は広く、出遭うことの方が不思議で、時間のずれですれちがったこともあったのかも知れない。

伯父を殺し父を返り討ちにした茂平次への憎しみと怒りで雨の日も雪の日も歩くこ

とをつづけてきたが、疲れ果てて居所にもどることを繰返していた。豊前《ぶぜん》さんと刻まれた小さな墓碑が眼の前をかすめ過ぎ、深い絶望感で身を横たえることも多く、金が残り少くなっているのも不安であった。

四月一日は晴天で、かれは浅草に行き寺に参拝して奥山を歩いた。所々につつじの花が咲き、境内では大道芸人が人を集めている。人の体がふれ合うほどの人出で、かれはその中を周囲に視線を走らせながら歩いた。

夕刻、重い足どりで八兵衛方にもどると、一人の若い武家が立っていた。母りよと妹のきよが身を寄せている親戚《しんせき》田中三郎太の悴《せがれ》弥吉であった。

不吉な予感がした。出奔した身であるので藩邸を立退《たちの》いて以来、母と妹に会うことは避けてきたが、病弱な母の身を絶えず案じていた。前ぶれもなく弥吉が訪れてきたのは、母の身になにかの不幸があったからではあるまいか、と思った。

伝十郎は、顔をこわばらせて弥吉に近づき、

「何用か」

と、たずねた。

「おたずねの本庄茂平次の所在がわかりました」

弥吉は、口早やに言った。

伝十郎は眼を大きく開き、言葉を発することもできず弥吉の顔を見つめた。

「藩の金子九兵衛と申される御小人目付の方が参られ、茂平次が本所小伝馬《こでんま》町の牢屋敷の揚り屋入りになっているとのことでございます」

思いがけぬ弥吉の言葉に、

「揚り屋に？」

伝十郎は、うわずった声をあげた。

「金子殿は、芝御賄《まかないぐみ》組屋敷の同心富永左次右衛門殿から聴き込んだとのことで、委細は富永殿のもとに行き、おきき下され、とのことでございます」

弥吉は、神妙な表情で言った。

伝十郎は、頭が錯乱するのをおぼえた。茂平次が牢《ろう》屋敷にいるのは、罪人として吟味を受けている身であることをしめしている。しかし、揚り屋は、御家人とそれに準じる大名の家臣、僧侶《そうりょ》などを収容する牢屋で、無頼の徒にひとしい茂平次に揚り屋に入る資格などない。同姓同名の者とまちがえているのではないのか。

「父は、すぐに富永殿のもとに行かれた方がよいと申しております。私が御案内いたします」

弥吉が、うながすような眼をした。

伝十郎は、釈然としないながらも大きくうなずき、

「案内してくれ」

と言って、弥吉と肩を並べて歩き出した。

入牢《にゅうろう》しているのが茂平次本人だとすれば、どのような罪状で捕われたのか。長崎で耳にした話では、賭博《とばく》好きでもある由で、それが投獄された原因か。それにしても揚り屋に収容されていることが理解できず、小人目付が伝えてくれた話は信じがたいものに思えた。

弥吉は、歩きながら小人目付の金子が述べたことを口にした。富永という賄組同心が藩邸の近くに住んでいることから金子は親しくなり、富永が茂平次についてもらした話を藩の上司に伝えた。上司は、すぐに伝十郎の母の寄寓《きぐう》先にそれを報《しら》せるよう命じたのだという。

道に夕闇《ゆうやみ》が濃く、二人は無言で歩いていった。

弥吉が賄組屋敷の門をくぐり、一軒の家の前で足をとめ、奥に声をかけた。

すぐに髪に白いものがまじった小太りの男が顔を出し、弥吉が、茂平次の消息を知っている富永のもとに伝十郎を案内するよう父に言われたので、お連れした、と言った。

男はうなずき、富永だと名乗ると、伝十郎に家に入るよううながした。

「それでは、これにて……」

弥吉は、姿勢を正して一礼すると門の方へ去っていった。

部屋に通された伝十郎は、氏名を名乗り、現在に至るまでのいきさつを手短かに説明した。

「貴殿のことは、金子殿よりよく承っておる。御苦労なされましたな」

行灯《あんどん》の灯にうかぶ富永の柔和な顔に、伝十郎に同情する表情がうかんでいる。

「本庄茂平次が入牢しているというのは、事実でしょうか」

伝十郎は、喘《あえ》ぐような口調でたずねた。

富永はうなずき、従兄《いとこ》が町奉行所の与力の養子となって家督をついでいて、そこからきいた話だ、と答えた。

伝十郎は、富永の口からもれる言葉を息をつめてきいていた。

茂平次は江戸にいたが、鳥居耀蔵が評定所に召喚されたのを耳にして捕われる恐れを感じて長崎にのがれ、さらにその地も危険と考えて赤間関《あかまがせき》に逃げ、その地で捕われた。しかし、傷寒（熱病）におかされていたので、平癒を待って護送され、三月二十六日に江戸に着き牢に投じられたという。

「いかなる科《とが》で……」

伝十郎の疑念は強く、その男が別人のように思えた。

「高島四郎太夫（秋帆）一件に関与したことからです」

富永の声は、おだやかであった。

予想もしない答えに、伝十郎は思考が乱れるのを感じた。長崎では秋帆と茂平次の間に接触があったようだが、それは通り一遍のものだと思われる。秋帆が捕われたことに茂平次が関係していたはずはなく、嫌疑がはれたらしいといわれているものの今なお吟味をうける秋帆の一件に茂平次が係りがあるなどとは到底思えない。

やはり同姓同名の別人と思いはしたが、長崎生れの茂平次が江戸から長崎にのがれて江戸に護送されたことから考えると、同一人物のようにも思える。

「なぜ茂平次が四郎太夫殿の一件と関係があるのですか」

伝十郎には、理解の範囲を越えていた。

「四郎太夫殿が罪ありとされたのは、茂平次の密訴によることが明白になったからです。これには動かぬ証拠があり、その密訴に関与した多くの者が長崎で捕えられて江戸に送られ、きびしい吟味を受けているとのこと。茂平次の妾《めかけ》も江戸に護送された由《よし》」

富永は、淀《よど》みない口調で言い、従兄からきいた話を述べた。

茂平次は、鳥居が目付であった頃、その屋敷にひんぱんに出入りするようになった。茂平次が長崎の地役人をしていたことを知った鳥居が、長崎事情を知ろうとして引寄せたという。

その後、鳥居が長崎奉行に赴任するという噂《うわさ》が流れ、茂平次はこれを利用して長崎の地役人たちに恩を売ろうと考え、長崎におもむいた。地役人はもとより商人、唐通事たちに鳥居が奉行になった折には、自分が口をきいて引立ててやると触れまわり、かれらから金品を受取り、秋帆にも近づいたが、秋帆は頑《かたく》なにはねつけ茂平次は激しい恨みをいだいた。

かれは秋帆の身辺を洗い、密貿易をしているらしいという噂を聴き込んで、江戸に帰って鳥居につたえ、屋敷を城郭のようにかため兵糧《ひようろう》米も貯《たくわ》えて謀叛《むほん》を企てているらしい、と讒訴《ざんそ》した。

洋学嫌いの鳥居は、この訴えをいれ、密偵を長崎に放った。密偵は確実な証拠をつかめなかったが、屋敷の構えは堅固で熊本から大量の米を買い入れていることを鳥居に報告した。これによって秋帆をはじめ親交のあった者たちが捕えられ、護送された。

伝十郎は、意外な話に深く息をついた。

「なぜ、鳥居様ともあろうお方が茂平次などを身近かに引寄せたのでしょうか」

伝十郎には、信じがたいことであった。

「従兄もそれを言っていましたが、茂平次は権力のある者に取り入るのがまことに巧みで、非凡な男のようです。鳥居様が目付から町奉行になられた翌月には、茂平次を家臣として召し抱え、なにかと内々のことを命じ、茂平次もそれに十分応《こた》えて重宝がられていたとのことです」

富永は、淡々とした口調で言った。

家臣にまでなったということに、伝十郎は呆気《あっけ》にとられた。江戸に護送された茂平次が揚り屋入りになったのを不審に思っていたが、鳥居耀蔵の家臣になっていたのであれば不思議はない。

伝十郎は、口をつぐんだまま身じろぎもせず坐《すわ》っていた。六年余も江戸市中を隅から隅まで歩きまわり、人出の多い神社、仏閣や催し物にも足をむけたが、茂平次の姿はなく、消息すら耳にできなかった。それは茂平次が町奉行の鳥居の庇護《ひご》のもとにあって、恐らく鳥居の屋敷内で雑事をしてすごしていたためだろう。茂平次の背後に、鳥居がいたことに伝十郎は大きな驚きをおぼえた。

伝十郎は口を開き、

「茂平次は、今後どのような扱いを受けるのでしょうか」

と、たずねた。

「御吟味がはじまりましたばかりで、どうなりますか」

富永は、老中牧野備前守《びぜんのかみ》が中心となって鳥居とその関与者の取調べを進めている、
と言った。

伝十郎は、無言でうなずいた。

「貴殿の心中、察するに余りがあります。極力、従兄より吟味の様子をきき、お伝えしましょう。御遠慮することなく、私のもとにお立寄り下さい」

富永は、同情するような眼をして言った。

伝十郎は、富永の好意を謝し、家の外に出た。茂平次の顎《あご》のはった浅黒い顔が眼の前にうかび、かれは夜道を歩いていった。

その夜は一睡もできず、夜が明けると家を出て、三田同朋《どうぼう》町の八百屋渡世をする弥兵衛方におもむいた。

離れに住む小松典膳は、裏手の井戸端で洗面をしていた。

「茂平次の所在がわかりました」

伝十郎が近づきながら声をかけると、典膳の濡《ぬ》れた顔がこわばった。

「どこに……」

典膳の視線が、伝十郎に据えられた。

「小伝馬町の牢屋敷に……」

典膳は口を半ば開き、言葉も出ぬらしく伝十郎の顔を見つめている。家の裏口から出てきた下女が、足をとめていぶかしそうに向い合って立つ二人をながめていた。

典膳が背をむけてあわただしく家の離れに入ると、敷かれたふとんを部屋の隅に押しやった。

部屋に入った伝十郎は、典膳と向き合って坐った。

「牢屋敷に？」

典膳が、いぶかしそうな声をあげた。

伝十郎はうなずき、富永左次右衛門からきいた話を述べた。気持がうわずっているため話の筋道が前後し、典膳が何故にとしばしば念を押す。

典膳の顔には驚きの色が濃く、何度も大きく息をついた。

伝十郎が口をつぐむと、典膳は腕を組み宙に眼をむけた。長い沈黙がつづいた。

探し求めていた茂平次の所在はあきらかになったが、牢獄に閉じこめられていてはどうにもならない。できれば、獄舎の中に斬《き》り込みたい気持であった。

「唯一《ゆいいつ》の望みは、茂平次がお構いなしとして放免されることだけだ」

典膳がつぶやくように言ったが、その言葉はむなしかった。江戸にまで護送された茂平次が無罪釈放されるはずがない。死罪を申渡されるかも知れず、その折には首斬り役を願い出たいが、処刑法には定まった厳正な仕来《しきた》りがあり、そのようなことが許されるはずもない。

かれらは、無言のまま坐っていた。

その月の二十七日、相良遠江守《とおとうみのかみ》預けとなっていた鳥居耀蔵《ようぞう》が、佐竹壱岐守《いきのかみ》に預け替えになった。相良遠江守が参勤交代で帰国するためであった。

茂平次の所在がわかりながら討ち果せぬことが腹立たしかった。伝十郎は思案し、富永左次右衛門のもとに行き、敵討《かたきうち》の届書を寺社、勘定、町の三奉行に提出し評定所の記録として残されているので、茂平次を引渡してもらうことはできないか、と問うた。

富永は、与力の従兄にきいてみると言い、その返答を伝えてくれた。絶対に許されぬことで、もしも茂平次が刑場に引かれてゆく途中要撃などすれば、きびしい処分を受ける。罪人に対する処置は厳正なもので、いかなる理由があってもそれを変えることはできない、という。

伝十郎は当然のことだと納得したが、苛立《いらだ》ちはつのり、五月に入った雨の日、小伝馬町の牢屋敷に足をむけた。

いかめしい表門の傍らには門番所があり、門の両側に突き棒を手にした骨格の逞《たくま》しい番人が立ち、眼を動かすこともない。この門内に茂平次がいるかと思うと、身のふるえるような憤《いきどお》りをおぼえた。

茂平次が重罪人として処刑されるか、それとも獄死した場合はどうなるか。敵を討つため藩に永のお暇を願い出て立退《たちの》いたかぎり、敵が死亡してしまえば目的は果せず帰藩は許されぬ。必然的に家名は断絶し、死ぬまで浪々の身となる。かれは、不運を歎《なげ》いた。

暑い夏がやってきて、両国で倹約令によって禁じられていた花火が久しぶりに打ち揚げられた。かれは、彩《いろど》られた光の輪が遠く夜空に点滅するのをながめていた。

典膳は、しばしばやってきて酒を酌《く》み交し、時には連れ立って富永のもとを訪れることもあった。

鳥居とそれに連座した茂平次らの吟味は推し進められているようだったが、特に目立った動きはないらしく、膠着《こうちゃく》状態にあるようだった。

「茂平次がお咎《とが》めなしとして放免されることが決してないとは言えません。望みを捨てぬように……」

典膳は伝十郎をさとし、富永もそれに同調していた。

伝十郎の焦慮の色は濃く、典膳は気晴しのため九月下旬に巣鴨《すがも》の菊見に誘い、帰途、千駄木の藪《やぶ》そばに入って酒を飲み、そばを食べた。伝十郎は典膳の心づかいにひそかに感謝し、胸があつくなるのをおぼえた。

十月三日、鳥居耀蔵の吟味が結着し、評定所で「重々不届之《の》筋有レ之《これ》」として丸亀《まるがめ》藩主京極長門守《ながとのかみ》へ永のお預けとするという申渡しがあった。死を迎えるまで禁錮《きんこ》されるのである。

その話が市中に伝わり、連座者への申渡しもあったにちがいないと考えた伝十郎は、典膳とともに富永のもとにおもむいた。

富永はすでに従兄の与力から鳥居に対する断罪と、それにともなう連座者の処分をきいていた。が、連座者は鳥居の奉行在任中に接した江戸在住の役人その他にかぎられていて、一人が死罪、他は遠島、罷免《ひめん》、押込等で、鳥居の二人の悴《せがれ》は改易となっていた。

富永の話によると、まだ高島秋帆関係の吟味は進行中で、その処断は先のことになるらしいという。

「事情がこみ入っていて、取調べに時間がかかっている、と従兄《いとこ》は言っておりました」

富永は、おだやかな表情で言った。

伝十郎は典膳とともに厚意を謝し、富永の家を辞した。

鳥居の屋敷は、鳥居が相良遠江守預けを申渡された直後に取りこわされ、庭の樹木もすべて切り払われて湯屋の焚《た》き木にされたという話が流れていた。最終申渡しを受けた鳥居は、十月二十八日、丸亀藩の藩士たち五十二名の厳重警護のもとに、江戸を発して丸亀に押送《おうそう》されたことも伝わった。

市民たちは、狂歌を作ったりして鳥居に対する処罰をはやし立てた。

伝十郎は、茂平次のことが気になって、しばしば富永のもとにおもむいた。富永も親身になって従兄から情報を得ることにつとめていたが、十二月に入って間もなく、典膳と富永の家に行った伝十郎は、ほとんど確報ともいうべき話をきき、顔色を変えた。

秋帆に対する嫌疑はすべてはれたというわけではなく、謀叛の企てはないと断定されたものの、長崎の貿易を指導する者として好ましくない行為があったとされ、遠島を申渡される気配が濃厚だという。また三人の唐通事への追及はきびしく、一人が磔《はりつけ》、二人が獄門の刑に処することが、ほぼ確定していると言われ、獄死している者もいるという。

「本庄茂平次だが、遠島を申渡されるようです」

富永は、言いにくそうに言った。

伝十郎は、典膳と顔を見合わせた。

江戸で遠島刑を申渡された者は八丈島へ送られ、死亡するまでその地ですごし、もどってくることはない。茂平次は、はるか海の彼方《かなた》の生涯手のとどかぬ地へ去る。放免されるかも知れぬという一縷《いちる》の望みをいだいていた伝十郎は、それが無になったことを知った。正式な申渡しが下れば、海がおだやかになる来春に茂平次は島送りになり、敵討の機会は永遠に失われる。

富永は、慰めの言葉もないらしく口をつぐんでいた。

伝十郎は、典膳と家の外に出た。典膳は、辻《つじ》にくると無言で目礼し、去っていった。

その日から伝十郎は、外に出ることもなく部屋でぼんやりと過すようになった。

母と妹のことが思われた。親戚《しんせき》の田中三郎太の家に世話になっているが、たとえ親戚とは言え肩身のせまい思いをし、二人寄り添うように日を過しているのだろう。茂平次が島送りになって敵討が不可能になったことが知れれば、藩は、当然母への扶持《ふち》の支給も停止する。そうなれば、田中家の扱いも粗略になり、母と妹は追われるように家を出なければならなくなる。

伝十郎は、行く末のことを思った。帰藩できなくなった場合は、市井《しせい》に身を埋めることになるが、その折には寺小屋でもひらき、母、妹とともに暮す。飲まず食わずの貧しい生活になるだろうが、母たちと寝起きできるだけでも幸いとしなければならないのだ、と思った。

かれは、眼に涙がにじみ出るのを感じた。

典膳の訪れは絶え、かれも深い絶望感におちいっていることが察せられた。

火事の多い季節を迎え、十二月五日には暮六ツ（午後六時）に吉原《よしわら》京町二丁目の遊女屋河津鉄五郎方から出火、廓内《かくない》すべてが焼失した。遊女の逃げまどう姿を見る者がむらがり、翌日も焼跡を見物する者が多かった。

弘化三年正月を迎え、十五日夕七つ（午後四時）すぎに小石川の武家屋敷から出火、折からの北の烈風にあおられ、近年稀《まれ》な大火となった。

伝十郎の住む町も騒然となり、伝十郎は外に出て空一面に火の粉が噴き上げる北の方向に眼をむけていた。早くも荷を背負ったり大八車にのせたりして避難してくる者が多く、道はごった返した。逃げてきた者が、湯島の火が駿河台《するがだい》に飛び火して神田一帯が炎につつまれている、と叫びながら去っていったりした。

夜になると火勢はさらに強まり、空は朱の色に染まって昼間のように明るく、黒煙が激しく流れた。日本橋、京橋が焼け、さらに浜町、築地《つきじ》、佃島《つくだじま》に火がのび、伝十郎の町でも本格的な避難騒ぎがはじまった。

朝を迎えても火の勢いが衰える様子はなく、ようやく昼八ツ（午後二時）すぎに炭町の竹河岸《がし》で焼けどまった。

三百余町が焼け、武家屋敷、町家の多くが焼失して数百の者が焼死したという噂《うわさ》がしきりであった。町に、家を焼かれて身寄りをたよってくる者が多く、焼けこげた着物を着た男女や老人、子供が物乞《ものご》いをして歩く姿もあり、町はざわついていた。火事の常で、物価は高騰《こうとう》していた。

二月に入ると、大火による動揺もしずまり、梅が開花した。

伝十郎は、放心したように日を過した。

刑が定まれば通常、再吟味ということはなく、短期間のうちに確実に執行される。

富永からの連絡はなにもないが、恐らく茂平次に遠島刑の申渡しが正式にあり、それを伝えるのを気の毒がっているにちがいない、と思った。

伝十郎は、茂平次が島送りになるのを自分の眼で見とどけたい、と思った。島送りになる者は細引きで羽がい締めにされて囚人駕籠《かご》に乗せられ、霊岸島の御船手当番所に護送されて、そこから船に乗せられるときく。斬りつけたいのは山々だが、そのようなことができるはずはなく、せめて駕籠に近づき、激しい罵声《ばせい》を浴びせかけたかった。

桜の花が咲き、そして散った。

島送りの日が迫ったにちがいないと考えた伝十郎は、久しぶりに富永の家を訪れた。

富永は不在で、待っていると、夕方にもどってきた。

伝十郎は、部屋に通された。

「気温がゆるんで参りましたので、茂平次の島送りの日も近づいたと思いますが、いつのことか御存知ありませんか」

伝十郎は、富永の顔を見つめた。

「いや、遠島としかときまったわけではなく、まだ吟味がつづけられている様子です」

富永は、自信のなさそうな眼をして答えた。

富永よりの連絡がなにもなかったのは、そのような事情からか、と伝十郎は思った。

「それに、正月十五日の大火で牢《ろう》屋敷に切放しがあり、牢から放された者共がすべて翌日暮六ツまでに所定の場所にもどってきたそうで、お仕置きをどのようにするか、配慮しているとのことです」

富永は、さらに言葉をつづけた。

佃島にのびた火は人足寄場を焼き、そこに収容されていた囚人は切放しを受け、また小伝馬《こでんま》町の牢屋敷にも火が迫って、在牢の囚人たちが切放された。かれらは四方に散ったが、翌日、指定された両国の回向院《えこういん》に一人残らず集ってきて、再び牢屋敷に収容された。立帰った者は、罪一等を減じられる定めになっているので、奉行所では、それについて検討を重ねているようだという。

火災後、伝十郎は人足寄場の囚人たちが切放され、かれらが商店に入ってきてねだりがましきことをし、それを恐れて店を閉じた商人が多かったことは耳にしたが、小伝馬町の牢屋敷でも切放しがあったことは知らなかった。

想像もしていなかった話に、伝十郎は、

「茂平次も切放しを受け、もどったのでしょうか」

と、たずねた。

「一人残らずと従兄は言っておりましたから、もどったはずです」

富永は、煙管《きせる》に手をのばした。

「すると、茂平次も罪一等を減じられ……」

「それはたしかな定めで、いかなる囚人も必ず減刑されます」

「遠島が罪一等を減じられますと、どのようになりますか」

伝十郎は、体が熱くなるのを感じた。

富永は、煙管を手にしたまま、

「通常は追放刑になりますが、ただし茂平次が遠島ときまっているわけではなく、もしも死罪であるならば遠島」

と、抑揚のない口調で言った。

伝十郎はうなずいた。秋帆一件で、茂平次が秋帆を罪におとし入れた張本人であるかぎり、その罪はきわめて重いはずであった。それを確認している吟味役は、死罪どころか磔刑《たつけい》か獄門の申渡しを考えているかも知れなかった。

伝十郎は、姿勢を正して富永の顔をみつめると、

「いずれにしましても貴殿の御内報が唯一《ゆいいつ》の頼りです。なにとぞ今後ともよろしく御願いたします」

「十分に承知しております。貴藩の方々は、なんとか敵《かたき》を討たせてやりたいと思っておられるようで、それは私も同様です。できるかぎり、吟味の様子を聴き込み、お伝えします」

と、頭をさげた。

富永は、煙管を置き、神妙な表情で言った。

伝十郎は、再び頭をさげた。

梅雨の季節に入って春の島送りの時期はすぎ、伝十郎は、もしも茂平次が遠島の刑を申渡された場合には島送りは秋になる、と思った。

六月上旬から異常な降雨つづきで、しばしば豪雨に見舞われ雷鳴もとどろいた。河川は増水し、荒川をはじめとした川の水が堤を越えて向島、千住《せんじゅ》、吉原の町々をひたし、ことに本所の出水はいちじるしく床上三尺ばかりにおよんだ。

大川橋、永代橋は破損し、両国橋は激流の水圧に押し流されるのを防ぐため水をみたしたおびただしい樽《たる》や大きな石を橋の上に重しとしてのせ、多くの人々が警戒にあたった。濁水の中に残された人々を救出するため御用船と書かれた幟《のぼり》を立てた船三百五十艘《そう》余が、出水地を動きまわった。四十年ぶりの大出水ということで、江戸市中は騒然としていた。

七月に入るとようやく晴天の日がつづき、中旬には出水地の水もひき、暑熱が町々をおおうようになった。

二十六日八ツ（午後二時）すぎ、富永からの使いの町人が、伝十郎に手紙を渡して去った。開いてみると、夕刻すぎに拙宅においでを請《こ》う、と記されていた。

富永から書状が来たのは初めてで、伝十郎は、重要な話があると直感し、ただちに身仕度をととのえ、典膳の寄寓《きぐう》する同朋《どうぼう》町の弥兵衛方におもむいた。

幸い典膳は在宅していて、富永からの書状を眼にした典膳は、茂平次への刑の中渡しがあったにちがいない、と言い、伝十郎もそれに相違ない、と思った。

指定された夕刻まではまだ間があり、二人は黙したまま坐《すわ》っていた。

時刻を見はからい、腰をあげた二人は家を出て、富永の家にむかった。日は傾いていて、家の奥に声をかけると、すぐに富永が姿をみせ、座敷に二人を通した。

坐った富永は、

「今朝、与力の従兄が拙宅に参り、長崎一件が落着したとこれを渡してくれました」

と言って、二つ折りにした紙を伝十郎の前に置いた。

それを手にして開いた伝十郎は、達筆の文字を眼で追った。

午七月二十五日

申渡

鳥居甲斐《かい》元家来

本庄茂平次

不届ニ付遠島可《べく》ニ申付一処《ところ》、牢屋鋪近辺出火之《の》節放遣《はなしつかわ》シ、立帰候《そうろう》ニ付、中追放申付ル。

但《ただし》、御構場処徘徊致間敷《はいかいいたすまじく》。

伝十郎は、胸の鼓動が激しく、意識がかすむのをおぼえた。眼が文字の上をうつろに動き、紙を典膳に渡した。

富永が、茂平次以外の者への申渡しの内容を話すのをぼんやりときいていた。高島秋帆は遠島刑が内定していたが切放し後にもどってきたので中追放、磔、獄門の三人の唐通事も中追放の上、預けとなったという。

「中追放と申しますと……」

典膳が、富永にたずねた。

「与力、同心が囚人を御曲輪《おくるわ》外まで護送し、そこで突き放します」

富永は答え、さらに御承知だろうが、と前置きして御構場処とは、品川、板橋、千住、深川、四谷《よつや》大木戸より内部の江戸市中をさし、そこに入るのを禁ずる申渡しだ、と説明した。

伝十郎の胸に、熱いものがひろがった。

「敵討ができる」

かれは、叫ぶように言った。嗚咽《おえつ》がつき上げ、歯を食いしばってそれを堪えた。

「たしかに突き放された後をねらえば……」

富永は、大きくうなずいた。

伝十郎は、膝《ひざ》に置いた拳《こぶし》を強くにぎりしめた。

藩邸を出奔してから七年余、残りの金もわずかになり、衣服はうす汚れ、髪も乱れてみすぼらしくなっている。あてもなく日々をすごしたことで気持がすさみ、卑《いや》しくもなっている。このまま刀を捨て、巷間《こうかん》に朽ち果てるかと思っていたが、念願かなって茂平次と対することができる。

世に神仏はあるのだ、とかれは思った。

「いつ追放はおこなわれるのでしょうか」

典膳の声がし、伝十郎は、富永を見つめた。

「従兄《いとこ》は、申渡しがあってからさして日がたたぬうちに、と申しておりました。その日がきまる二、三日前には必ず報《しら》せるとのことでした」

富永は、強い口調で答えた。

「望みがかなえられる」

典膳が、伝十郎の顔に視線を据えた。

伝十郎は、無言でうなずいた。

家の者に言いつけてあったらしく、富永が奥に声をかけると、下男が酒肴《しゅこう》を盆にのせて入ってきた。

富永は、前祝いだと言って杯に酒を注いだ。

伝十郎は杯をかたむけ、夢のようだ、と何度もつぶやくように言った。

追放の日のことについて話し合った。追放される者は、奉行所から出張した役人にともなわれて牢屋敷の裏門より出る。伝十郎と典膳は尾行し、茂平次が曲輪外で突き放された後、討つ。

伝十郎は、酔いに顔を染め、時折り涙ぐんでいた。

伝十郎は落着かず、しばしば富永の家に足をむけ、典膳も同道することが多かった。

富永は従兄に問合わせたりして連絡を待っているようだったが、なんの指示もないという。

八月に入っても晴天の日がつづき、残暑がことのほかきびしかった。

五日は午後から久しぶりの雨で、伝十郎は典膳と連れ立って富永の家に行った。

奥からあわただしく出て来た富永は、

「これから貴殿の家へ行こうと思っていました。今しがた従兄より報せが入りました。明日昼八ツ半（午後三時）に茂平次が牢屋敷を出る由《よし》です」

と、うわずった声で言った。

「八ツ半」

伝十郎の口から呻《うめ》くような声がもれた。

二人は家に入り、富永をまじえてあわただしく明日の手筈《てはず》を話し合った。

追放がなにかの事情で時間が繰上ることがないとは言えぬので、早目に牢屋敷の裏門近くに行く。見すごすようなことがあったら、茂平次は果しなく奥深い樹林の中に入り込んだように再び見出《みいだ》すことはできなくなる。

典膳は、朝五ツ（午前八時）までに富永の家に来て伝十郎と落合う、と言い、伝十郎も同意した。富永は昼食の弁当を用意していて、二人はそれを手に日本橋小伝馬町の牢屋敷にむかう。

打合せは終り、二人は傘をひろげ、外に出た。雨の勢いが激しさを増していて、道は雨しぶきで煙っていた。

辻《つじ》にくると、二人はそれぞれ、では明日、と声をかけ合い、はなれていった。

翌日、夜明け前に床をはなれた伝十郎は、井戸端に行って入念に体を清めた。雨はあがっていて、空は厚い雲におおわれていた。

前日に買い求めた下着をつけ、身仕度をととのえて近くの神社に行き、手を合わせ頭を垂れて悲願成就《じょうじゅ》を祈願した。

八兵衛方にもどり、朝食をとって家を出ると、富永方に足をむけた。

約束の時刻よりかなり早かったが、すぐに典膳が姿を現わした。伝十郎は木綿藍《あい》の立縞《たてじま》単衣《ひとえ》に股引《ももひき》ばき、典膳は下り藤《ふじ》の紋のついた単衣に浅黄小紋の股引をはき、髪もととのえていた。

二人は、富永の前に並んで坐り、厚意を謝して頭を深くさげた。

「本懐を遂げられますことをお祈りしております」

富永は伝十郎と典膳に視線を据えて言うと、用意していた弁当を渡してくれた。

二人は、それを受取り富永の家を出た。

大名屋敷の塀にそって歩き、北への道をたどった。商家が軒をつらねるようになり、人の往来も多く、その中を駕籠《かご》や大八車が通る。空気は淀《よど》み、蒸し暑かった。

江戸橋のたもとで、二人は足をとめた。橋の欄干がすべて新しい材に替えられていて、正月の大火で焼けたことをしめしていた。橋の修復は成っていて、それを渡った。

伝十郎は、橋の袂《たもと》から焼跡が北の方向に果しなくひろがっているのを見た。あらためて火災の激しさが思われ、道を進んでゆくと前方に小伝馬町の牢《ろう》屋敷が見えてきた。

驚いたことに、屋敷の南側の小伝馬町一丁目一帯は焼跡で、火がぎりぎりまで迫ったことを知った。屋敷には火の粉が降りそそぎ炎も吹きつけたはずで、焼け残っているのが不思議であった。だれしも炎につつまれるのは確実と思ったにちがいなく、囚人の切放しがおこなわれたのも当然に思えた。

広大な屋敷の周囲には土手が築かれていて、その内側に濠《ほり》があり、さらに高い塀がのびている。屋敷の裏手にまわると、富永が言ったように裏門があり、門の外にある門番所の中に番人の姿がみえた。

道をへだてて焼け残った町家が軒を並べ、二人は門を見通せる家のかげに立った。門は閉じられている。

雨が落ちてきて、かれらは家の軒下に入った。降雨の日は追放刑の実施が延期されることがあるかも知れず、伝十郎は不安になった。雨の中を男や女が走ってゆく。二人は、門の方をうかがっていた。

やがて昼時になり、弁当包みを開いて口にした。雨は激しい降りではなかったが、庇《ひさし》から雨が滴《したた》り落ち、その飛沫で足袋が濡《ぬ》れた。典膳が弁当の包みを捨てにゆき、もどると再び門に眼をむけた。

八ツ（午後二時）すぎに雨脚が細まり、雲が切れて明るい陽光が路上にさした。追放は、予定通りにおこなわれるにちがいない、と思った。

雨があがったので人通りが増し、天秤棒《てんびんぼう》をかついだ小商人《こあきんど》も過ぎる。井戸の釣瓶《つるべ》の音が、家の裏手で起っていた。

予定の時刻はすぎたようだったが、門は開かず門番所の者にも動きはみられない。なにかの事情でおくれているのか、それとも手続きに手間どっているのか。

七ツ（午後四時）とおぼしき頃、門番所から二人の番人が出てきて、門の内部の者となにか言葉を交し、門がひらかれるのが見えた。

伝十郎は、体をかたくして門を見つめた。

同心につづいて羽織袴《はかま》をつけた与力が姿を見せ、その中央に後手にしばられた髪に少し白いものがまじっている大柄な男がかこまれるようにして出てきた。

伝十郎の胸に為体《えたい》の知れぬものが重苦しくひろがった。顔が異様なほど青白く頬がこけていたが、それは茂平次で、伝十郎は、典膳に、

「茂平次」

と、低い声をかけた。

与力たちは、茂平次とともに濠にかかった短い橋を渡り、路上に出ると北の方に足をむけた。

伝十郎は典膳と、家のかげからはなれて歩きはじめた。

与力たちは、ゆっくりとした足どりで進んでゆく。通行人も町家の外に出ている者も、縄つきの囚人が引立てられてゆくのを見なれているらしく、わずかに視線をむけるだけであった。

牢屋敷の角を曲り、西にむかって歩いてゆく。塀が切れたあたりから焼跡がひろがり、焼け落ちた材がそのまま横たわっている所も多く、槌《つち》の音を立てて家がつくられている地所もあった。

伝十郎は、いつの間にか刀の柄《つか》をつかんでいた。曲輪外で突き放されるまでは、茂平次の身柄は奉行所の管轄《かんかつ》下にあって手を出すことは許されない。典膳も前方に視線を据え、伝十郎と肩を並べて歩いていた。

右手にある稲荷《いなり》神社も焼け落ちていて、その前を過ぎた与力たちは、城の広いお濠に突き当り、右に折れて川にかかった短い橋を渡った。日は傾き、西日が華やかに濠の水面に反射している。

濠にそって進むと、やがて前方に城門からのびた橋が見えてきた。神田橋で、その個所を過ぎれば曲輪外であった。

与力たちが橋に近づき、その袂で足をとめた。伝十郎たちは、大名屋敷の塀に身を寄せた。

縄がとかれ、茂平次が土の上に膝《ひざ》をそろえて坐《すわ》った。前に立った与力がなにか言い、茂平次は両手をついてそれをきいているらしく、深く頭をさげた。

与力の足がこちらにむかって動き、同心たちもそれに従って茂平次の前をはなれた。道を引返してきて、伝十郎たちの前を通り過ぎた。

伝十郎は走りたい衝動にかられたが、落着かねばならぬと自らを制した。茂平次のいるのは曲輪外との境目で、そこから十分にはなれた所でなければ斬《き》りかかれぬ。典膳も同じ思いであるらしく、塀からはなれることはしなかった。

茂平次は裾《すそ》の土をはらうと、右手の方に手をあげた。客待ちの駕籠がいるらしく、辻駕籠が現われ、茂平次の前におろされた。

茂平次は、裾をからげると駕籠に身を入れた。駕籠があげられ、濠ぞいに西の方へ進んでゆく。

伝十郎は、典膳とともに塀のかたわらをはなれ、足をはやめて後を追った。

駕籠は思いがけぬ速さで、駕籠かきの掛け声がかすかにきこえている。伝十郎と典膳は、足早やに神田橋の袂をすぎた。

駕籠は、大名屋敷の塀にそって進み、塀が切れた所からひろがる広い草地に入ってゆく。その地は、第五代将軍綱吉《つなよし》の生母桂昌院《けいしょういん》が護持院を建立《こんりゅう》した場所で、享保《きょうほう》二年に寺院が焼失後は火除地《ひよけち》として三区分されていた。雑草が生い繁《しげ》っているが、横切る者が多いらしく、せまい道が刻まれている。

たとえ曲輪外であっても市中を騒がせてはならぬという意識をいだいていた伝十郎は、駕籠が火除地に入ってゆくのを見て、討ち果すのに恰好《かっこう》の地だ、と思った。

伝十郎が典膳に顔をむけてうなずくと、典膳も無言でうなずき返した。

伝十郎は抜刀し、典膳もそれにならった。二人は、雑草をふんで走り出した。駕籠は、火除地の中央にさしかかっている。

後方に起った足音に気づいたらしく、駕籠かきがふりむいた。陽光にきらめく刀を手にした二人の武家が異様な形相で走ってくるのを眼にしたかれらは、駕籠を投げ出すようにおろすと、悲鳴をあげて火除地の北にある大名屋敷の方へ走ってゆく。

伝十郎は駕籠に駈《か》け寄り、典膳も近づいた。

異様な気配に駕籠から茂平次が這《は》い出てくると立ち上り、かつぎ棒をつかんだ。顔に不審と恐怖のまじり合った色がうかんでいる。

眼をいからした伝十郎が、

「熊倉伝之丞悴《せがれ》伝十郎。伯父伝兵衛を殺し、父伝之丞をも殺したな」

と、怒声をあげた。

茂平次の顔がにわかにひきつれ、動揺の表情が浮んだ。茂平次は口をつぐみ、なにも言わない。

憤《いきどお》りが体をふるわせ、伝十郎は刀をふり上げると茂平次の左肩に刀をたたきつけ、進み出た典膳が咽喉に素速く刃先を突き立てた。

茂平次はよろめきながら逃げる様子をみせたが、長い牢内生活で足が萎《な》えているらしく前のめりに倒れ、体をめぐらして仰向けになった。

伝十郎は、刀をふりかざして所きらわず茂平次の体に斬りつけた。そのすさまじい動きに典膳は立ちつくした。伝十郎の口からふき出る叫び声は泣き声に近く、飛び散る血が顔や手をおおい、衣類を赤く染めた。

大名屋敷の方から駈けてくる足音がし、突き棒を手にした四人の男が近づいてくると、

「何をしている」

と、一人が言った。

典膳が、なおも刀をふるっている伝十郎の体を背後からおさえ、伝十郎は動きをとめた。刀が鍔《つば》の近くから曲っている。

男たちは、大きな血塊のようになったむごたらしい死骸《しがい》を眼にして立ちすくんだ。

典膳が刀を鞘《さや》におさめると、

「敵討《かたきうち》でござる」

と、言った。

男たちの顔は青白く、体をふるわせている者もいる。茂平次の体の至る所から、血がふき出るように流れ、眼は大きく開かれていた。

口をつぐんでいた男たちの中の中年の者が、

「われらは、月番板倉伊予守《いよのかみ》様の辻番人。相手は息絶えているようですので、ひとまず辻番所においでいただきたい」

と、うわずった声で言った。

典膳は承知いたしたと言い、伝十郎をうながした。伝十郎は息をあえがせながらうなずくと、典膳とともに歩き、ふるえる手で刀を鞘におさめようとしたが、曲っているので入らなかった。

辻番人は、鈴木惣助、栗原藤蔵、道脇平右衛門、林金七で、伝十郎と典膳を高張《たかはり》提灯《ぢょうちん》のかかげられた辻番所に引き入れると、中年の番人が近くの上野《こうずけ》安中藩主板倉伊予守の上屋敷の門内に走り込み、報告した。

屋敷から近藤元助が小走りに番所に入ってくると、まず伝十郎と典膳の刀をあずかり、番人に死骸を監視するよう命じ、簡単な事情聴取をおこなった。

伝十郎は、伊予松山藩主松平隠岐守《おきのかみ》家臣熊倉伝之丞の実子伝十郎と名乗り、典膳は十津川《とつがわ》浪人と告げ、伝十郎が伯父、父の敵討を、典膳は師伝兵衛の敵討の助太刀をしたと口早やに述べた。

すでに夜の闇《やみ》は濃くなっていて、安中藩上屋敷から提灯を手にした多くの者が出てきた。茂平次の死骸が横たわっているのは二番火除地で、辻番人たちが戸板で番所内に運び入れた。衣服はずたずたに斬られ、血に染った筋肉の下から骨の露出している個所もあった。

藩の江場牧右衛門が辻番所に入り、辻番人から事情をきき、ついで伝十郎、典膳から敵討の次第を聴取し、記録した。要旨は左のようなものであった。
辻番人が申すには、今夕七ツ半（午後五時）頃、辻番所から二十間（三十六メートル）ほど先の火除地で「口論有レ之《これ》様子ニ付　辻《つじ》番人罷出《まかりいで》承リ候処《そうろうところ》」敵討とのことで、すでに討ち留めておりました。敵を討ち果した両人は辻番所に連れてこられておりましたので、私（江場）が事情をたずねたところ、「松平隠岐守様元御家来当時浪人熊倉伝十郎ト申者、浪人ニ而《て》小松典膳ト申者」の由《よし》で、父、伯父、師匠の敵本庄茂平次と申す者を討ちとったとのことです。両人と死骸にはそれぞれ番人をつけており、「此《この》段《だん》御届申上候　以上」。

この書面は、江場の名で九ツ半（午前一時）に目付戸田能登守《のとのかみ》の屋敷に届けられた。

また、安中藩では、伊予松山藩の上屋敷に使者を出してそれを伝えた。

松山藩邸ではあわただしい動きがみられ、敵討が成就《じょうじゅ》したことを喜び合う声が邸内に飛び交った。ただちに藩士数名が夜道を急ぎ、辻番所に入って伝十郎に会い祝いの言葉を口々に述べ、敵を討ちとるまでの経緯をきいた。すでに夜は明けていた。

松山藩の留守居役十河隼之助は、寺社奉行月番青山大膳亮に届書を提出した。その書面には、伝十郎が父の後を追って敵討のため永の暇を願い出て出奔した折、寺社、勘定、町の三奉行に御帳づけを願う書面を藩から提出し、受理されていることをつたえた。
伝十郎は多量の返り血を浴びていたので、安中藩では井戸端で体を清めさせ、髷《まげ》も結い直させた。さらに典膳とともに衣服を脱がせて、新しい麻の着物、袴をあたえた。
その日、届出を受けた目付戸田能登守の命を受けて、徒《かち》目付小澤貞蔵、金子熊太郎、小人目付蘆山鍬太郎、蘆名啓蔵が辻番所に見分に出張してきた。
かれらは、まず鈴木惣助ら四人の辻番人から敵討を目撃した折のことについて聴取し、口上書を提出させた。ついで伝十郎、典膳に敵討をするまでのいきさつを詳細に訊問《じんもん》し、これも口上書にまとめた。
死骸には安中藩士によって羽織がかけられていたが、小澤たちは切り裂かれた衣服をはいで入念な見分をおこなった。
傷の状態について、
左の脇腹《わきばら》横五寸五分程一ヶ所
右の襟より咽《のど》江《え》掛《かけ》突《つき》疵《きず》一ヶ所
左の耳下突疵深サ五分程一ヶ所
胸横ニ壱寸五分程切疵一ヶ所
左の頬ニ疵一ヶ所

左二ノ腕突疵一ヶ所
同所ニ壱寸八分程切疵一ヶ所
同肘《ひじ》江掛横ニ三寸程切疵一ヶ所
左の眉毛《まゆげ》ニ横三寸程切疵一ヶ所
同腕ニ壱寸弐分程切疵一ヶ所

と、記録した。

また、茂平次の着衣につづいて懐中物が、牢《ろう》屋敷を出る折に役人から渡された御構場所を記した書面と古手拭《てぬぐい》一本と書きとめられた。

徒目付たちは、死骸の斬り傷、突き傷が余りにも甚しいのに一様に驚いていたが、それは伝十郎の、伯父、父を殺害した茂平次に対する激しい憤りと長い歳月探しあぐねた苦しみをしめすものと解された。

伝十郎と典膳の見分もおこなわれた。

伝十郎年齢三十二歳、衣類麻上下、懐中物鼻紙少々、扇子一本、兼元銘の長さ二尺三寸七分の刀、和泉守《いずみのかみ》兼定銘の脇差。典膳四十七歳、衣類麻上下、懐中物鼻紙少々、守り札、毛抜きと療治鍼《ばり》の入った布袋、印籠《いんろう》一個、矢立一本、無銘の二尺五寸の長さの刀、備州長船《おさふね》祐定銘の一尺八寸の長さの脇差。

この徒目付、小人目付の見分書は、伝十郎、典膳の口上書とともに北町奉行鍋島《なべしま》内匠頭《たくみのかみ》に提出された。

伝十郎と典膳は、安中藩上屋敷預けとなり、茂平次の死骸は町役人に処分が一任された。

翌八日、安中藩上屋敷を出た二人は、安中藩士警護のもとに呉服橋内の北町奉行所におもむいた。

奉行所内の一室に通され、吟味役の与力の前に坐った。与力の表情はおだやかで、伝十郎と典膳に好意を持っていることがうかがえた。

与力が、おもむろに口を開いた。伝十郎の口上書によると、伝十郎が駕籠《かご》から這い出た茂平次に斬りつけた、とある。与力たちの中には、返答をしなかったということだけで刀も帯びぬ茂平次を斬りつけたのは理不尽ではないか、という声もあった、と与力は言った。

伝十郎は顔を赤らめた。茂平次が口をつぐんでいたことで殺害を認めたと解釈し、即座に斬りつけたが、たしかにそれは武士として好ましくなく、気持が激しくたかぶった余りの行為であった。

「しかしながら……」

与力はつぶやき、これまでの敵討の例ではめぐり会った瞬間、言葉を交すこともなく敵に斬りかかるのが常のことだ、と、慰めるように言った。その場で敵に逃げられてしまえば、再び長い間、もしかすると生涯めぐり会うことができずに終ることもあり、出会った折にただちに斬りかかるのは十分に理解できることだ、とおだやかな口調で言った。

「ところで、伯父御が何者に殺されたか、また父御が返り討ちにあったか、一応本庄茂平次を敵と考えてのことと思いますが、たしかな証拠はおありか」

与力の探るような眼に、伝十郎は再び顔を赤らめうろたえた。茂平次を敵としたのはあくまでも推測の域を出ず、無実の茂平次を斬り殺してしまったのかも知れない。もしもそうであるなら誤殺したことになり、きびしい罪に問われる。奉行所に呼び出され、あらかじめ与力の吟味を受けるのは、嫌疑を受けているためなのだろう、と思った。

伝十郎は、眼を伏せ気味にして、

「さまざまにあれこれ考えました末、茂平次を敵に相違ないと断定した次第ですが、証拠と言われますと確たるものはなく……」

と、低い声で答えた。

「やはりそうでしたか。それではお話しいたしましょう。お白洲《しらす》に出る前にここにお呼びしたのはそのためです」

与力は、かすかに何度もうなずいた。

伝十郎は、顔をあげて与力を見つめた。話とは、いったいなんなのか。

与力が、口を開いた。

「江戸に護送されてきた茂平次をきびしく吟味しましたところ、茂平次ははしなくも貴殿の伯父御井上伝兵衛殿を殺害したことを吐露いたしした」

その言葉に、伝十郎は体をかたくした。やはりそうか、と思いはしたものの、なぜ茂平次が伯父を殺したのか。

与力が、静かな口調で話しはじめた。

茂平次は、長崎生れということで目付の鳥居耀蔵《ようぞう》に重宝がられ、下働きをするようになった。当時の町奉行は矢部駿河守定謙《するがのかみさだのり》で、人望篤《あつ》く、能吏としての評価がきわめて高かった。耀蔵は、矢部の歓心を買おうとしたが、潔癖な矢部は耀蔵をきらい、近づくことを許さなかった。耀蔵は怨恨《えんこん》をいだき、それに矢部が洋学者たちと親しくしていることにも反感をおぼえて矢部の失脚をはかったが、矢部の地位はゆるぎないものであった。

「茂平次の陳述によりますと、鳥居様は矢部様を抹殺する以外にないと考え、ひそかに茂平次に闇討ちするよう命じたとのことです。茂平次は思案の末、道場を開く剣客の井上伝兵衛殿のもとを訪れ、矢部様殺害を頼み込んだ由です」

鳥居の名が与力の口からもれたことに、伝十郎は茫然《ぼうぜん》とした。しかし、茂平次は家臣にまで採りあげられたほど鳥居との結びつきは強く、鳥居からそのような内命をうけても不自然ではない。

与力は、さらに言葉をつづけた。

井上伝兵衛は、茂平次の要請に驚き、拒否するとともにその不正を強くなじった。伝兵衛の死後、妻のてつが、奥の部屋で伝兵衛が茂平次になにか激しく叱責《しっせき》するような声をかけていたと述懐していたが、それであったことを伝十郎は知った。

茂平次は、拒絶されたことを鳥居に復命したが、秘事を知った伝兵衛を生かしておくわけにはゆかぬということになり、茂平次が夜道で伝兵衛を待ち、下谷《したや》御成小路で不意に襲って殺害したという。

「その後、貴殿の父御伝之丞殿が藩に永のお暇を願い出て自分を敵《かたき》としてつけねらっているのを知り、返り討ちにしたとも供述しています。むごいことですが、貴殿の父御の遺骸《いがい》はだれやらわからぬように衣類その他をことごとくはぎ取り、川に捨てた由」

与力は顔をしかめた。

伝十郎は、深く息をついた。眼の前に立ちこめていた霧のようなものが、一時に晴れるのを感じた。疑念が胸にこびりついてはなれなかったが、伯父、父を殺害したのはやはり茂平次であったのだ、と思った。

狂ったように茂平次の体を斬《き》り、刃先を突き立てたが、それでも足りないくらいであった。かれの眼から涙が流れ出た。茂平次が伯父と父を殺したのは、主人である鳥居に命じられたもので、そのような場合は君命に従ったということから不問に付されるのが習いであった。伝十郎は、茂平次の背後で指示をした鳥居にも激しい憤《いきどお》りをおぼえた。

「それではお白洲へ……」

与力にうながされ、伝十郎は典膳とともに座敷を出て白洲へまわった。

伝十郎は、伊予《いよ》松山藩士の実子であるのでお白洲の段の上に坐《すわ》らされ、浪人の典膳はその下方に坐った。

与力と同心のつらなる中に奉行鍋島内匠頭が出座し、すでに口上書もととのってい

たので、書面を手にすると、

「敵討チ留メ候段、奇特成儀ニ付　無レ構」

と、読みあげた。

伝十郎は、典膳と頭をさげた。

それまでは安中藩主板倉伊予守《いよのかみ》預けとなっていたが、伝十郎は、伊予松山藩に渡されることになった。安中藩では、曲った伝十郎の刀も修復していて、伝十郎に渡し、典膳にも大小刀を返却した。二人は、奉行所を退出した。

門の外に、伊予松山藩士たちが駕籠を用意して待っていた。

伝十郎は典膳に近寄り、

「いずれまた……」

と、顔を見つめた。

典膳は、頬をゆるめ無言でうなずいた。

伝十郎は一礼し、駕籠に身を入れた。

その日も残暑がきびしく、駕籠は奉行所の門の前をはなれた。

伝十郎は、伊予松山藩上屋敷に出向き、留守居役十河隼之助に御礼言上をし、他の者にも挨拶《あいさつ》した。十河をはじめ藩士たちからは、口々に祝いの言葉を受けた。藩邸を出たかれは、母と妹が世話になっている田中三郎太の家に行った。すでに敵を討ち果したことが藩から報《しら》されていて、家の者は声をはずませて出迎え、母と妹も走り出てきた。かれは、母の前に手をつき本懐を遂げたことを報告した。母は御苦労であったと言い、妹は涙ぐんでいた。

翌日は下谷の井上家を訪れ、伯父伝兵衛の敵を討ったことを報告し、家督をついでいる養子の誠太郎と妻のてつとともに墓前に行き、香華《こうげ》を供えた。伝兵衛が殺された理由について、誠太郎とてつは言葉も出ぬほど驚いていた。

その月の二十八日は雨であったが、藩からの使いの者があって伝十郎は藩邸におもむいた。

留守居役の十河は、藩主の御機嫌ことのほかうるわしく、帰藩を許し家督をつぐことを命じる旨《むね》の書付を渡してくれ、忠義を全く致すように、と言った。伝十郎は、つつしんで拝受した。

この敵討は神田護持院ヶ原の敵討として大評判になり、多くの瓦版《かわらばん》が町々で売られた。茂平次にむかって刀をふりかざした伝十郎と、膝《ひざ》をついて刀をかまえた典膳の絵がのせられているものもあった。

伝十郎は出仕し、藩邸内に母、妹と住むようになった。敵を討ったことが賞されて、世子の小姓役に抜擢《ばってき》された。

かれは、三田同朋町の弥兵衛方にとどまる典膳を訪れ、帰藩が許されたことを伝えた。典膳は喜び、祝いの言葉を述べた。

敵討の助太刀をすると、浪人の場合にはいずれかの藩から召抱えたいという声がかかることがある。それについて伝十郎がただすと、

「今のところは、なにも……」

と、典膳は淡々とした口調で答えた。

その後、しばらくして同朋町に行くと、典膳の姿はなかった。弥兵衛の話によると、十日ほど前、身仕度をととのえていずれかに去ったという。

嘉永《かえい》六年（一八五三）、ペリーひきいるアメリカ艦隊四隻《せき》が浦賀に来航し、世情は騒然としたが、その頃、伝十郎は家で病臥《びょうが》するようになっていた。

以前から時折り体の不調を訴えていたが、腰痛が激しく視神経の乱れが増し、勤務が不可能になった。医師は、黴瘡《ばいそう》（梅毒）と診断した。

藩士たちは、伝十郎が敵を探し求めている間、気晴しのため遊里に足をむけて毒におかされたのだ、と同情した。伝十郎は、かなり前から眉毛が脱《ぬ》け落ち放尿の折に痛

みを発することなどからそれと察していたらしく、妻帯をすすめられてもかたく拒んでいた。

かれは、その年の暮れに息を引取った。

典膳は召抱えられたかどうか。消息が絶えていたが、文久二年（一八六二）の春、伊予松山藩の藩士井手正雄が江戸から松山に帰国途中、吉原《よしわら》宿で典膳を眼にした。

井手は、店先に吊《つ》るされた瓢簞《ひょうたん》を買おうとして店に入った。奥に中風にかかって片手をふるわせている老人がいて、かれと言葉を交した。

井手が伊予松山藩士と告げると、老人はなつかしがり、敵討の助太刀をした小松典膳と名乗った。

典膳は、伝十郎によろしくと伝言し、井手がすでに死去していると告げると、典膳は言葉を失ったように口をつぐんでいた。

これよりどうなさるのか、と井手がたずねると、典膳は病いをいやすため故郷の十《と》津川《つがわ》にもどると答えた。

それが典膳の最後の消息であった。

# 最後の仇討

一

慶応四年（一八六八）五月二十三日朝、従者三人をしたがえた長身の武家が、秋月街道の宿場猪膝《いのひざ》宿をはなれた。

夜明け前からの雨が降りつづき、かれらは笠《かさ》に蓑《みの》をつけていた。川にかかった橋を渡ったが、長梅雨で増水した水は濁り、雨に煙った両側の耕地に農夫の笠が動いているのがかすんでみえていた。

武家は臼井《うすい》亘理《わたり》四十一歳で端正な顔立ちをし、以心流槍術《そうじゅつ》の免許を得た身らしく、筋肉質の体の背筋が正しく伸びていた。秋月藩馬廻の任にあるかれは、三百石取りであったが、五万石の小藩では大身にぞくし、馬廻中高禄《こうろく》の者として家老次席の中老の地位にあって政務に参与していた。

かれは、藩命によって出張していた京から帰国するため秋月への道をたどっていたが、表情は暗かった。

福岡藩を宗藩とする秋月藩は、諸藩の例にもれず幕末の大動乱の影響を受けて藩情は激しく揺れ動いていた。海岸線から遠くはなれた藩の常として、外国の圧力を徹底的に排除しようとする攘夷論《じょういろん》を強く唱える者はほとんどいなかったが、それでも藩士海賀宮門《みやと》などは、他藩の者と交流して尊攘《そんじょう》運動に奔走し、文久二年（一八六二）四月、伏見の寺田屋騒動で捕えられ、日向《ひゅうが》国細島で殺害されている。

このような藩士もいたが、藩の大勢としては、幕府に忠節をつくすべきだという佐幕派と、強大な武力を持つ薩摩《さつま》、長州両藩に支えられた朝廷側の傘下《さんか》に入るのが得策という勤皇派とに二分されていた。いずれも藩の存続をねがう思いによるものであった。

やがて生麦事件をきっかけに起ったイギリス艦隊の鹿児島砲撃、外国船砲撃を繰返した長州藩への四カ国連合艦隊の馬関《ばかん》（下関）攻撃によって、外国の兵器の優秀さを知った薩長両藩は、攘夷論の愚かしさに気づき、局面は新たな段階に入った。

外国勢力との宥和《ゆうわ》に転じた両藩はかたくむすびついて倒幕に焦点を定め、それを背景に朝廷は討幕の密勅を下し、無力化した幕府は将軍徳川慶喜《よしのぶ》が大政奉還を請《こ》い、朝廷は王政復古の大号令を発した。

そのようないちじるしい情勢の変化に、秋月藩はどのように対処すべきか苦慮し、藩主黒田長徳《ながのり》は、朝廷の命を受けて二条城警衛のため家老吉田右近に五小隊二百八十余名をひきいさせて京に派遣するとともに、臼井亘理を執政心得首座公用人として上京させた。慶応四年二月であった。

それまで臼井は、藩の安泰をはかるには、あくまで幕府の存続をねがうべきであると考え、陽明学の師である藩士の中島衡平とともに公武合体論を支持し、藩内では佐幕派とされていた。

かれは、新しい時代の流れに応ずるため西洋流兵術の採用を強く藩主に献言し、長崎から西洋流兵術師村次鉄之進を招いて、西洋調練を実施させた。これについて、藩士の間から強い反撥《はんぱつ》の声があがった。藩の士風は、武士道に即した剣、槍術の修練にあり、いまわしい西洋の兵術の採用は、藩の伝統をふみにじるもので、臼井が強引に調練を実行に移したのは、藩主に巧みに取り入った奸智《かんち》によるものだ、と批判した。

これらの藩士たちの背後にあったのは家老吉田悟助で、進取的な動きをしめす臼井に強い嫌悪感《けんおかん》をいだいていた。

執政心得首座公用人として京に入った臼井は、すでに幕府が崩壊寸前になっているのを感じた。前月には鳥羽《とば》、伏見の戦いがあって、薩摩、長州両藩を主力とした軍勢が幕府軍を敗走させて将軍慶喜は海路、江戸にのがれ、朝廷は慶喜追討令を発した。

幕府の存続をねがっていた臼井は、朝廷が天下を支配するのはすでに確定しているのを知り、藩の安泰をはかるには、朝廷側に深く食い入ることだと判断した。

臼井は、倒幕を推し進めている薩摩藩をはじめとした有力藩の藩士や勤皇家として知られる者たちに積極的に接触し、朝廷の指導的立場にある三条実美《さねとみ》のもとにも出入りして、信頼を得るに至った。かれは、藩に対して朝廷の意にしたがって動くべきだと進言した。

このようなかれの態度は、秋月にいた反臼井派の藩士たちを激昂《げっこう》させた。在藩中は佐幕論を強く主張していたのに、上京して情勢が一変しているのを知るとともにたちまち勤皇論者に変節したのは、時流に媚《こ》びた許しがたい態度だと激しく非難した。それに同調する若い藩士は多く、臼井はかれらの憤《いきどお》りの的になった。

朝廷軍は、有栖川《ありすがわ》宮熾仁《たるひと》親王を東征大総督として進発し、江戸にせまって江戸城総攻撃を下命したが、参謀西郷隆盛《たかもり》と幕府陸軍総裁勝安芳の間で交渉がまとまり、四月十一日、江戸城が無血開城された。

その間、秋月藩主黒田長徳は、朝命をうけて上京することになり、家臣をしたがえて四月六日、秋月を出立《しゅったつ》した。長徳は二十一歳であった。

秋月街道を進んだ長徳一行は、黒崎に至って定宿の鍋屋《なべや》に入った。秋月藩では九州の他藩のように小倉から渡海することなく黒崎を利用していて、船着場には藩船四艘《そう》がつながれていた。

黒崎逗留《とうりゆう》中、長徳の前に列坐《れつざ》した随行の家臣たちの間から臼井批判の声があがった。臼井が二カ月前、上京の途中、馬関の料亭で佐幕論を強く主張し、藩内の勤皇派を非難したことが披露され、それを長徳は不快そうに聴き入っていた。

長徳は、京でどのように朝廷側と接触すべきか判断に苦しみ、秋月に急使を立てて家老田代四郎右衛門を招き、家臣団に加えた。

一行は藩船に乗船し、四月二十九日大坂安治《あじ》川河口についた。船着場には、京から来ていた臼井が出迎え、長徳に従って中島にある藩邸に入った。

臼井は、京を中心にした情勢を説明し、朝廷軍が四月十一日に江戸城を接収して将軍慶喜が水戸に退き、朝廷軍が全国を確実に支配するのは時間の問題だと述べた。藩としては、朝廷に随従して誠意をしめすのが絶対に必要だと説き、その布石は十分におこなってあると言った。

長徳は、何度もうなずき、公用人としての京での臼井の努力に慰労の言葉を口にした。臼井は満足し、藩邸を辞した。

二日置いて閏《うるう》四月三日、長徳からの呼び出しで臼井は藩邸におもむいた。

座敷には家老たちが集っていたが、臼井は、かれらの自分にむける眼が一昨日とちがって冷いのを感じ、いぶかしく思った。

やがて座敷に家老の田代四郎右衛門が入ってきて臼井に、

「その方のお勤めは終った。急ぎ帰藩して御沙汰《おさた》を待つように……」

と、言った。

思いがけぬ言葉に、臼井は茫然《ぼうぜん》とした。藩主の出京にそなえて、勤皇派として重きをなしている公卿《くぎよう》、薩摩藩士、宗藩の福岡藩の要職にある藩士たちと交流を深め、秋月藩の朝廷とのむすびつきを確かなものとした。臼井は公用人として今後も、大坂から入京する藩主の手足となって働こうとしていたが、田代の一言でそれがむなしいものになったのを感じた。むろん田代の言葉は君命によるもので、沙汰を待てとは長徳が自分に不快感をいだき、相応の処置を下すことを意味していた。

臼井は釈然とせず怒りをおぼえたが、君命には従わざるを得ず、

「明日、京にもどりまして旅装をととのえ帰藩いたします」

と、手をついて頭をさげ、退出した。

臼井が帰藩を命じられたことは、たちまちかれと親しい勤皇派の者たちに伝わり、

かれらは臼井を料亭に招いたりかれの宿所に連れ立ってやってきたりして、あくまで京にとどまるべきだ、と強く主張した。かれらは、臼井が秋月藩と朝廷の橋渡しに重要な役目を持っているだけでなく、三条実美とともに朝廷の中心人物である東久世通禧《みちとみ》の信頼もあつく、朝廷に仕えるのにふさわしい人物と考えていた。

在京の親しい秋月藩士たちは、臼井が京にあって朝廷に忠誠をしめすことが藩にとって利があるだけではなく、朝廷にとっても好ましいことだ、と強調した。さらに宗藩である福岡藩でも、執政の立花左衛門が臼井帰藩の命令を撤回させる、という動きもあった。

これに対して、臼井は厚意を謝しながらも、君命にそむくことはできないという言葉を繰返した。

薩摩藩士葛城彦一《かつらぎひこいち》は病臥《びょうが》していたが、書簡を臼井のもとに送り、臼井が朝廷に仕えることを参与大久保《おおくぼ》利通《としみち》にはかり、大久保の内諾を得ているので会いたいと記していた。臼井は、すでに帰藩が決定していると返書を送り、会うことはしなかった。

この書簡の往来は、藩主長徳とともに入京していた家臣たちの知るところとなり、臼井が藩の密事を葛城にもらしたと疑い、それを長徳につたえるとともに急飛脚を立てて秋月にも報《しら》せた。

親しい者たちと会うことをつづけていた臼井は、「急ぎ帰藩せよ」という命令を受けながら京に一カ月もとどまり、それがさらに在京の秋月藩士たちの反感をつのらせていた。

臼井は五月五日、従者をともなって京をはなれて大坂におもむき、七日に安治川河口から黒崎へむかう船に乗った。梅雨の季節に入っていて連日のように雨が降り、無風の日も多く、船は風待ちを繰返して船脚はおそかった。

かれは、京を出立する前、秋月に干城《かんじょう》隊という組織が結成されたことを耳にしていた。

隊の総督は家老の吉田悟助で、隊員連署の請願書が京にいる長徳のもとに提出された。趣旨は、干城つまり藩、国のために身命を賭《と》して尽力するというもので、基本は古くからの武士道を守ることにあり、先祖に恥じぬ行動を一致団結して果すと誓っていた。

隊員は四十五名。ほとんどが二十歳以下の若い藩士で、十四歳が一名、十五歳が五名、十六歳が七名まじっていた。家老の吉田は、これを「時節柄奇特の至り」と賞揚していた。

隊員は、公武合体論を唱えた臼井とその師の中島衡平に激しく対立した勤皇派の者たちで、干城隊は、臼井、中島とその同調者に対抗するために結成された組織という観があった。中島は、危険人物視されて自宅で謹慎の身にされていた。

隊員たちは、先代藩主長義《ながよし》の隠居所で空屋となっていた南御殿を屯所としていた。

在京の臼井と親しい秋月藩士たちが臼井に京にとどまるよう強くすすめたのは、干城隊に半ば支配された秋月にもどることを危ぶんでいたからでもあった。しかし、臼井は、在京中、三条実美らの信任を得るなど、今では藩の勤皇派と同じ志を持っていると考え、不安をいだくことはなかった。

かれが憂鬱《ゆううつ》であったのは、帰藩して沙汰を待てという君命であった。藩主の機嫌をそこねたことはあきらかで、その原因がなんであるか思い当らず、かれの気分を重くしていた。

船がようやく黒崎につき、かれは雨の中を秋月へと進み、五月二十二日に猪膝宿に入り、翌朝、宿場を出立したのだ。

耕地にひろがる緑は鮮やかで、清流にかかった橋を渡り、大隈《おおくま》宿をすぎて千手《せんず》宿につき、茶屋で昼食をとった。雨は依然として降りつづいていた。

それより山道に入り、臼井らは雨水の流れる道を登った。両側の樹林の中には霧が流れ、林が切れると左手に故郷秋月の東にそびえる古処《こしょ》山がかすんで見えた。

道はくねっていて、かれらは荒い息をつきながら進み、やがて道は下りになった。樹幹の間から前方に秋月の城下町の家並が見えてきた。

城下に入ったかれらは、藩士の家がつづく川ぞいの道を進み、小川にかかった橋のふもとから左に曲った。左手に藩校の稽古館《けいこかん》があり、さらに右に曲ると北中小路の臼井の屋敷の前についた。土塀にかこまれた屋敷であった。

あたりは薄暗くなりはじめていて、門を入った従者が小走りに玄関の前に行って屋敷の奥に声をかけると、それを待っていたらしく妻の清につづいて父儀左衛門、母冬たちが出てきて臼井を迎えた。臼井は下男が持ってきた桶《おけ》の水で足を洗い、玄関の敷台にあがった。

座敷に通った臼井は着替えをすると、机の前に端座した。筆を取り、家老の箕浦主殿、吉田悟助宛《あて》に帰藩の届書を書き、末尾につつしんで御沙汰を待つ旨《むね》を書き添え、それを家僕に渡して届けるよう命じた。

臼井の帰宅の報せを受けた親戚《しんせき》の者や親しい藩士たちがつぎつぎにやってきて、座敷での酒になった。臼井は、関東にむけ進発した朝廷軍が江戸城を接収し、さらに東北地方へ軍を進める形勢にあることを説明し、それにともなうあわただしい京の動きも語った。

宴席につらなる者たちは、臼井の口からもれる言葉に耳をかたむけ、臼井が三条実美ら高名な公卿としばしば接触し、各藩の有力藩士とも知己になっているということに感嘆の声をあげていた。

宴はにぎわい、さかんに酒が酌《く》み交されて臼井もしたたかに酔った。

やがて宴はお開きになり、客たちは連れ立って去っていった。

臼井は立って奥座敷の寝所に行き、ふとんに身を横たえた。やがて後片付をすませた清が、長女のつゆ三歳をともなって寝所に入った。軒には雨の音がしきりで、臼井は、旅の疲れもあって熟睡した。

七ツ（午前四時）すぎ、闇《やみ》につつまれた城下の道を二十数名の両刀を腰におびた男たちが一団となって足を早めて歩いていた。雨はやむ気配はなく、かれらは竹の皮で編んだ笠《かさ》をかぶっていた。

かれらは臼井の屋敷の門の近くで足をとめ、一人が手にしてきた梯子《はしご》を土塀にかけて登ると、内部に降り、ひそかに門の閂《かんぬき》をぬいた。

五名の男が門内に入り、他の者は門前に立っていた。

家の裏手にまわった男たちは、抜刀して南東の隅にある奥座敷に忍び入った。灯芯《とうしん》を細めた行灯《あんどん》の淡い灯に、寝ている臼井の顔が浮び上っていて、男の一人が刀をふりあげて臼井の首を斬《き》ろうとしたが、はずれて肩から胸にかけて斬りさげた。

半身を起した臼井の左眼の上に、刃先が突き立てられた。男は、さらに刀をふりあげ臼井の首を斬り落した。

その物音に眼をさましてはね起きた清が、刀を手にした男にしがみつき、襟をつかんで手首に嚙《か》みついた。

それを見た他の男が、清の後ろから左の背中を斬りさげ、清は仰向けに倒れた。手首を嚙まれた男はざんばら髪になった清の腰を強く蹴《け》り、顔面、頭と容赦なく斬りつけ、さらに腰から股にかけて何度も刀をたたきつけた。その刀の動きで、部屋の隅に腰を落していた長女のつゆも傷ついた。

男たちは互いに顔を見合わせ、うなずくと奥座敷から庭におり、門の方へ小走りに去った。

屋敷内で最初に、変事に気づいたのは下女のなかで、異様な物音とあわただしい足音を耳にして賊が入ったと考え、亘理《わたり》の父儀左衛門の寝所に行ってそれを告げた。

儀左衛門は脇差《わきざし》を腰にして提灯《ちょうちん》をともし、戸外に出た。門が少し開いていて、門の外側に数人の人影が動いているのを眼にし、門を閉じようと近寄った時、提灯が斬り落された。

かれは驚き、急いでひきさがると物陰に身をひそませ、息を殺した。男たちはそのまま去っていった。

賊が忍び込んだのに倅《せがれ》の亘理が出てこず、家の中が森閑としているのをいぶかしんだかれは、家にもどると廊下を進み、奥座敷をのぞいた。

かれは、愕然《がくぜん》として立ちすくんだ。激しく乱れたふとんが血におおわれ、その上に亘理と清が倒れ、大きくひらいた傷口から血が流れ出ていて、畳にも壁にも血が飛び散っている。部屋の隅には傷ついたつゆが、置物のように虚脱して坐《すわ》っていた。

異様な気配に気づいた下男たちが起きてきて、座敷の悲惨な情景に立ちつくし、腰を落す者もいた。

儀左衛門は、亘理の首が失われているのを眼にし、ふるえた声で下男たちに首を探すように言い、さらに親戚に重大事が起きたことを急いで報せるよう命じた。下男たちは、おぼつかない足取りで廊下を去っていった。

座敷の入口に亘理の長男六郎十一歳が立って室内を見つめているのに気づいた儀左衛門は、六郎の体を強く抱きしめた。

やがて、渡辺家の養子になっている亘理の弟渡辺助太夫が駈けつけ、ついで吉田新左衛門ら親戚の者たちが息をあえがせて座敷内に入ってきた。かれらは、むごたらしい亘理夫婦の姿に顔色を失っていた。

かれらは、屋敷の内外を下男たちとともに首を探してまわったが、持ち去られたらしく眼にできなかった。

渡辺たちは、屋敷の内外をしらべてまわった。屋敷の西側の門無小路の土塀に梯子をかけた跡があり、そこから内部に入った賊が北側の北中小路に面した門をひらき、賊たちを引き入れたものと推定された。亘理の寝所へは、納戸《なんど》に通じる出入口と東側の縁側の両方から忍び入ったようであった。

門の内外を探っていた下男たちが、賊の遺留品と思われる手槍《てやり》一筋と竹の皮でつくられた笠二枚を拾ってきた。笠には名が記されていて、それは干城隊にぞくす若い藩士の名であった。

その笠に、儀左衛門たちは、かねてから亘理に強い反感をいだいていた干城隊の藩士たちが、亘理を襲い、殺害したことを知った。亘理のみならず、妻の清も惨殺《ざんさつ》した行為は、余りにも非道なものに思えた。

藩内には時として激しい意見の対立や権力争いが起って険悪な空気がひろがることもあったが、それによって殺害事件が生じたことはない。亘理の死はまさに暗殺で、夜陰に乗じて集団で屋敷を襲い亘理夫婦を殺害した行為は、周到な計画によるものであることをしめしていた。手槍と笠を残したのは、人を斬るなどという経験がないため動転していたからにちがいなかった。

家老につぐ中老の臼井亘理が妻とともに斬殺《ざんさつ》されたことは、藩にとって前例のない重大事であった。亘理は刀を手にした気配は全くなく、いわゆる寝首を掻《か》かれた状態で、そのような殺害方法は武士らしからぬ卑劣きわまりないことに思われた。

渡辺は、親戚の者たちと話し合い、とりあえず藩庁に届けなければならぬということになり、左のような届書をまとめた。

昨夜、私たちの親族である臼井亘理が帰着したので近親者が歓迎の酒宴をもよおし、夜もふけたので散会した。亘理一家は寝についたが、「暁七ツ半時（午前五時）頃、何者ニ御座候哉《そうろうや》」数人の者が押し入って「亘理夫婦切害仕《つかまつ》リ、且《かつ》亘理首ハ持去（り）申候」。親戚の者たちが駈《か》けつけ調べたところ、「兵隊（干城隊）之《の》印有レ之《これ》候竹皮笠二ツ　手槍一筋取落（し）候様子」であるので、「此段《このだん》御届申上候　以上」。

届書には、吉田新左衛門、渡辺助太夫が連署した。

上京している藩主黒田長徳《ながのり》の留守をあずかる最高責任者は家老吉田悟助で、臼井の屋敷に駈けつけていた親戚の者の中から吉田、渡辺と山田久兵衛、小林伝太夫、高橋次郎兵衛、近藤徳左衛門が、その書面を吉田の屋敷にとどけることになった。

雨はあがっていて朝の薄日がさし、かれらは連れ立って秋月藩御館に近い吉田の広大な屋敷におもむいた。

かれらは座敷に通され、しばらく待っていると、吉田が姿を現わし、一同平伏した。

渡辺が、変事の起ったことを詳細に述べ、進み出ると届書を差出した。

吉田は、それを一読すると畳の上に置き、渡辺たちに視線をむけた。不快そうな表情がうかんでいた。

かれが口を開き、きつい語気で語り出した。

臼井亘理は、才をひけらかせて他の意見をきくことなく我意を通し、そのため主君のおとがめを受けて京から帰藩を命じられた。すみやかに帰藩しなければならぬのに、他藩の者に藩の密事をもらすなどして京に延々ととどまった。亘理は私欲を専《もっぱ》らにして藩を思う心は薄く、そのような卑劣な亘理に憤《いきどお》りをいだいた干城隊員が誅殺《ちゅうさつ》をしようとして、それが昨夜の出来事となった。

「かれが死を遂げたのは、つまるところ自業自得《じごうじとく》である」

吉田は、声を荒らげて断定するように言った。

渡辺たちは、顔を蒼白《そうはく》にして身じろぎもせず吉田の顔を見つめていた。

「首級であるが、それは隊士が屯所に持ち帰り、庭に捨ててあるとのことである。拾って持ち帰り、棺におさめるがよい」

吉田は口早やに言うと、席を立ち、座敷から出ていった。

渡辺たちは、坐ったまま動かなかった。吉田は、干城隊の総督として亘理暗殺を事前に承知し、むしろ指揮した節がある。それは吉田の私憤であり、亘理に対する憎悪《ぞうお》の深さをしめしている。

それにしても、届書を持参した亘理の親族たちに、悔みの言葉をかけるどころか、その死は自業自得だと強い口調で言った吉田の冷酷な態度は、渡辺たちに堪えがたいものであった。

かれらの顔はゆがみ、渡辺が席を立つと他の者たちもそれにならい、吉田の屋敷を出た。

道を歩いてゆくと、前方から数人の男たちが表情をかたくして近づいてきた。それは中島衡平の親戚の者たちであった。

渡辺たちは足をとめ、かれらと向い合った。

「いかがなされました」

渡辺が、不吉な予感をいだきながら声をかけると、初老の藩士が、

「今暁《こんぎょう》、中島衡平が何者かに襲われて殺害されました。藩庁にお届けせねばならず、

これより御家老吉田悟助様のもとへ参るところです」

と、答えた。

渡辺たちは言葉もなく、吉田の屋敷の方へ歩いてゆく男たちを見送った。中島は藩の儒者で、その論法は鋭く、それが藩の重役たちの怒りをまねき自宅謹慎の身となっている。亘理は、中島と全く意見が一致し、師と仰いで時局を論じ合い、二人はかたくむすびついていた。渡辺たちは、干城隊の者たちが亘理とともに中島も殺害したことを知った。

中島の親族が家老の吉田に提出した届書は、左のようなものであった。

中島衡平は自宅謹慎の身として在宅していたが、「今暁七ツ（午前四時）頃、鶏（が）物ニ恐」れるような激しい啼《な》き声をあげたので、家族の者が手燭《てしょく》をもって台所へ行ったところ、「何者共《とも》不レ知五、六人、門ヲ開キ」出てゆくのを眼にした。不審に思って台所から外に出てみると、中島の死体が横たわっていて、首はなかったが、「同六ツ時（午前六時）前、門外ヨリ首投込申候」。

この届書を持参した親族の者に、吉田は亘理の親族に対したと同じように、語気荒く中島をなじり、その死を自業自得と言った。

中島の親族と別れて臼井の屋敷にもどった渡辺たちは、寝所に亘理の首が置かれているのを見た。何者かわからぬが、塀の外から首を庭に投げ込んだという。

渡辺たちの憤りは激しかった。かれらは口々に吉田悟助の冷酷な応対に、

「藩の責任者である家老でありながら、なんという暴言。武士として情のひとかけらもない鬼のような人物」

と、涙をうかべて言い合った。

やがて横目の江藤東一郎と名越勇三郎が、検視役として臼井家に出張してきた。二人は、すでに干城隊の屯所におもむいて、亘理夫婦を襲った隊員たちの訊問《じんもん》を終えていた。

渡辺助太夫は、検視役の来訪にそなえて吉田新左衛門と連署の届書を用意していて、それを検視役に差出した。

検視役がそれを読み終えると、渡辺は、江藤と名越を寝所へ案内し、二人はその惨状に顔色を変えていた。

まず亘理の体が調べられ、肩から胸にかけて深く斬りさげられた傷口が大きく開いていた。傍らにおかれた首の顔面には、左眼の下に突き刺し傷が認められた。

清の遺体はむごたらしく、所きらわず刀がたたきつけられていて、全身に斬り傷がひろがっていた。主な深い傷は、

一、左之鬢《びん》　弐ヶ所
一、右之鬢　壱ヶ所
一、てへん（頭の最頂部）　弐ヶ所
一、左之背中　壱ヶ所
と、記録された。

吉田新左衛門は、検視役に対して、

「亘理殿は、酔いと旅の疲れで熟睡しているところを不意に斬りつけられ、寝首を掻かれて果てたのです。いかにも残念至極で、なにとぞ私どもの心中をお察し下さい」

と、涙をうかべて訴えた。

検視役は、

「亘理殿を襲った干城隊の者たちの言い分とは異なる。亘理殿は、脇差を取って立ち上り、二太刀までは身をかわし、三太刀目で斬り伏せられたと陳述している」

と、言った。

「それはちがいます。卑怯《ひきよう》にも寝首を掻いたのです」

吉田は、激しく首をふった。

脇差は、床の間に置かれていて、近づいた検視役がそれを手にして刀を抜いた。襲った者の刀は刃こぼれがしていたが、脇差は使った気配が見られなかった。

検視役は、実状と干城隊員の中立てが食いちがっていることについて、検視報告書の最後に「何分不思議ノ儀ニ奉《たてまつり》レ存候」と記した。

検視役が去り、渡辺たちは、亘理と清の遺体を清め、白い衣を着せて首とともに運び込まれた棺桶《かんおけ》におさめた。手傷を負った長女のつゆは、医師の手当を受けた。

その夜は、親族の者のみでひっそりと通夜《つや》が営まれ、翌日、二個の棺桶が古心寺に運ばれて墓地に埋葬された。言葉を発する者はなく、顔は怒りでゆがんでいた。

同時刻頃、中島衡平の棺も古心寺に近い大凉寺の墓穴におさめられた。

臼井亘理と中島衡平が斬殺されたことは、藩内に大きな衝撃をあたえ、城下の空気はゆれ動いた。

襲撃時前後の状況について、城下の者が見聞したことが人の口から口につたえられ、その出来事が周到に計画され実行に移されたものであることがあきらかになった。

その夜、干城隊員が屯所としていた南御殿の動きはあわただしく、深夜に隊員たちが列を組んで屯所を出ると、裏手の八幡《はちまん》神社に行って社殿の前に整列した。隊長の吉田万之助がかれらの前に立ち、甲高い声で臼井、中島に対する斬奸状《ざんかんじょう》を読み上げ、襲撃方法を指示した。

臼井家を襲う者は二十四名、中島家にむかう者は十一名で、その中から斬り役が選ばれ、襲撃の詳細な手筈《てはず》がつたえられた。

かれらは、揃《そろ》って社前で大願成就《じょうじゅ》を祈願し、酒を酌《く》み交して二手にわかれて出発した。その間、隊の総督である家老吉田悟助の屋敷では灯火がともされ、門も開いたままで、臼井、中島を殺害した後は隊員の出入りがしきりであったという。

このような話を伝えきいた臼井、中島両家の親族の者たちは、暗殺が吉田の指示によって決行されたことを知った。

事件後、城下には、寝首を掻かれた亘理《わたり》の親族の者たちが怒りをおさえきれず、無念をはらすため過激な動きに出るのではないかという噂《うわさ》がしきりであった。

その間、臼井、中島が斬殺されたことは、家老吉田悟助から藩主黒田長徳《ながのり》に急飛脚で報告された。

長徳は、大坂の中島にある藩邸にとどまり、閏《うるう》四月五日、前年に父天皇崩御によって践祚《せんそ》の式をあげた十七歳の明治天皇が大坂に行幸し、長徳は参上して天皇に拝謁《はいえつ》した。天皇は八日に京都にもどられ、長徳は上京して妙心寺を本陣とし、十日に御所へ参内して再び拝謁した。長徳は、そのまま京にとどまっていたが、そこに吉田からの報告書が到来した。

思わぬ事件の発生に長徳は驚き、随行の家老田代四郎右衛門をはじめ重だった家臣を招き、協議した。

田代は、弟が吉田悟助の養子になっていた関係もあって、常に吉田と行動を共にしていた。田代は、干城隊員の行為は藩を思う忠義の心から発したもので、亘理と衡平が殺害されたのは、自ら禍《わざわ》いを招いた当然の結果だと強調した。その言葉に長徳は同調し、他の者も異をとなえる者はいなかった。

しかし、二人が殺害されたことは藩内に大きな混乱をひき起している、と推測された。亘理の中老としての積極的な動きに賛同している者も多く、儒者である中島に畏《い》敬《けい》の念をいだく者もかなりいて、かれらがその死を悲しみ思い切った動きに出ることも考えられる。そのようなことが起るのを事前に阻止するためには、長徳が秋月に急いで帰る必要があった。しかし、朝廷軍は江戸からさらに北にむかって進発する態勢にあり、京の守護を命じられている長徳一行が京をはなれることは、朝廷の機嫌を損じることにもなりかねない。

長徳は田代たちと意見を交し、新政府に藩の緊迫した事情を訴え、帰藩してよいかどうか意向をうかがうことに決した。

ただちに伺書をまとめ、田代が使者として新政府に提出した。

許可がおりたのは六月十七日で、帰藩して、藩内の秩序をすみやかに立て直し、それから急ぎ上京するように、と指示された。

翌日、長徳は天皇に拝謁して帰国する旨《むね》を言上し、あわただしく旅装をととのえて大坂から船に乗った。

黒崎から秋月にもどった長徳は、あらためて吉田悟助から詳細な説明を受けた。臼井と中島の親族、知人たちはかたく沈黙を守り、藩内には重苦しい空気がひろがっているが、ことに際立《きわだ》った動きの気配はみられないという報告に長徳は安堵《あんど》した。

長徳がどのように事件の処理をするか注目されていたが、七月八日、臼井と中島両家の親族が藩庁に呼び出され、それぞれ申渡しを受けた。

臼井家の親族に告げられた判決文は、左のようなものであった。

臼井亘理は自分の才におぼれ、我意を通して他の意見をきかず、人の憎しみを受けて人望を失っていた。京にあった亘理に長徳が急ぎ帰藩して処分を待つよう命じたのに悪智恵《わるぢえ》をはたらかせて延々と京にとどまり、藩の密事を他にもらすなどして私利をはかり、藩を思う心薄く、そのため殺害されたのは「自（ら）招（い）タ禍」であって、「家名断絶ヲモ」仰《おお》せつけられるべきところだが、旧家でもあり忠勤した家筋でもあるので、「格別之《の》寛大之思召《おぼしめし》ヲ以《もっ》て、断絶のことはさし許す。

中島の親族に中渡された判決文も臼井に対するものとほとんど同じで、その死は是非なきことで、本来ならば家名断絶すべきところを寛大の思召しで家名の持続は許される、というものであった。

両家の親族たちは、余りの藩の非情さに悲しみと憤りをおぼえた。

その日、干城隊員に対して判決が言い渡されたが、内容を知った臼井、中島両家の親族の怒りはさらにつのった。

判決文は短く、臼井、中島両名を殺害したのは藩のため邪悪な者を「除ク赤心ヨリ出候事」と評価し、しかし藩の法をおかしたことは許しがたく、厳重に処分すべきところを寛大な「深キ思召之旨」をもってお咎《とが》めなしとする、というものであった。

妻ともども殺害された臼井と中島は極悪人として家名も断絶されかねなかったのに、殺害した干城隊員たちは藩のためを思った行為として賞賛され、お咎めなしというのは余りにも公平を欠く処置であった。

悲しみ嘆きながらも、臼井家では家督相続について親族の者が、寄り合い協議した。長男の六郎が継ぐべきであったが、まだ十一歳なので渡辺家の養子となっていた亘理の弟助太夫を家に復籍させることに意見が一致し、渡辺家でも諒承《りょうしょう》して助太夫が臼井家の家督をついだ。中島家でも養子豊次郎が、家の当主になった。

これによって一応事態は平静化したかに思われたが、八月十日、藩からかさねて沙汰《さた》があった。

臼井助太夫が藩庁に呼び出され、家禄《かろく》五十石減の二百五十石が告げられ、また中島豊次郎にも三石減が言い渡された。

その日、干城隊関係者への沙汰もあり、総督吉田悟助は「総督之身分不行届」として叱《しか》りを申渡されたが、隊長吉田万之助以下隊員たちは、ことごとくお咎めなしとされた。

その後、亘理の妻清が殺害されたことについて、行きがかり上やむを得ざる行為という条件つきで、弔料として銀三枚が下賜《かし》された。清は三十七歳であった。

臼井家の親族たちは、藩庁の処置にひたすら沈黙を守っていたが、亘理と親しかった藩士たちの間にはそれに反撥《はんぱつ》する者も多かった。

暗殺は家老吉田悟助が若い藩士たちを煽動《せんどう》することによって起り、その後の冷酷な処分も吉田の臼井に対する個人的な憎悪《ぞうお》によるもので、吉田の強い態度に若い藩主は気圧《けお》されて自分の意志を表に出すことはしていない。このまま推移すれば、亘理は藩にそむいた賊という烙印《らくいん》を押され、その汚名は末永く残される。

それは黙視すべきではなく、事件の処理は理不尽だという声が日がたつにつれてたかまり、同情者が増した。かれらは、夜になると集り、憤《いきどお》りにみちた声を交して藩庁の非を鳴らした。

中島家でも同じような動きがみられ、友人、門人らが寄り集り、臼井家の同情者とも連絡をとり合うようになった。

かれらの目的は両家の汚名をぬぐうことで、藩があらためて臼井亘理と中島衡平に対して公正な審理をおこない、二人の行動が、藩を思う純粋な誠意から発したものであることをあきらかにすべきだと強調した。

かれらの結束はかたく、身を賭《と》して目的を貫徹することを誓い合った。これらの同志の主な者は吉田彦太夫、磯与三太夫、上野四郎兵衛、手塚小右衛門、同弘、宮井七左衛門、松村長太夫、坂田忠左衛門、戸波四郎、吉村九内、渡辺約郎、右田平八郎、末松清兵衛、時枝作内、同虎雄、毛利二三次、堀尾繾、渡辺半七、木附可笑人、江藤作右衛門、吉田作十郎、大久保新五郎、渡辺恰、坂本喜左衛門らであった。

やがてかれらは、連れ立って藩庁におもむき、重役たちに臼井、中島両者に対する処理は当を得ていないと訴え、再審理を強く求めた。しかし、かれらに応接した吉田悟助は、それをはねつけ、臼井、中島の死は藩に対する不忠の当然の結果だと声を荒らげて言い、即刻退去するよう命じた。

臼井、中島の同情者たちは、激しく反撥し、暗殺は吉田の私憤によるものだとなじり、繰返し再審理をせまった。

吉田は激昂《げっこう》し、

「これはあきらかに強訴《ごうそ》である。藩は兵を使ってその方どもを取締る」

と、告げた。

兵とは干城隊員を意味し、隊員たちが来て捕縛しようとすれば乱闘になることが予想され、同情者たちはそれを避けるため席を立って藩庁を退いた。

この応酬は、たちまち城下一帯にひろがった。同情者たちは一カ所に集って対策を話し合い、吉田からの指示を受けた屯所の干城隊員の動きもにわかにあわただしくなり、城下の者たちは血なまぐさい騒動が起きるのではないか、とおびえた。

そのうちに、夜、何者かによって長文の檄文《げきぶん》が寺院などの長い塀に貼《は》り出された。それは、家老吉田悟助が藩の進路をあやまらせる極悪人であるということを十カ条にわたって列記したもので、第五条には、臼井亘理を「英傑」、中島衡平を「大儒」として賞《ほ》めたたえ、その両者に罪名をおわせて干城隊員に殺させたことはまことに大罪である。吉田を誅殺《ちゅうさつ》したいが、君命をうけずにそのようなことはできず、吉田は自ら命を断つため縊死《いし》すべし、とむすばれ、「有志国士中」と記されていた。

この檄文は、臼井、中島の同情者が書いたにちがいなく、藩内をはじめ城下の空気はさらに緊迫化した。

同情者たちは協議をかさね、宗藩である福岡藩に直訴する声が支配的になった。

そのような藩内の混乱は、むろん福岡藩でも察知していたが、福岡藩では難問が山積していて、秋月藩の内紛を気にかけながらもそれに係ることはためらっていた。

そのうちに直訴の動きが持ち上っているのを知った福岡藩では、事態がさらに深刻になることを恐れ、参政の槇玄蕃以下倉八権九郎、浅香一索、山口蛟、奥村貞らを出張させて鎮撫《ちんぶ》することになった。朝廷軍と旧幕府軍の戦闘がつづいている情勢の中で、支藩である秋月藩に藩士同士が殺戮《さつりく》し合う内乱が起きることは、朝廷に対して福岡藩の立場を悪くすると判断したからであった。

槇たちはただちに秋月にむかい、御殿に入って藩主黒田長徳に会って本藩が憂慮していることを伝え、それより対立した両派の重だった者をそれぞれ呼び、意見を聴取した。

両派の主張は強硬で、譲る気配は全くなく、いたずらに日を重ねるだけであった。

槇たちは、両派を宥和《ゆうわ》させるのは到底不可能と判断し、調整を断念して秋月をはなれ、福岡にもどった。

報告を受けた福岡藩では、わずらわしさを感じながらも解決しなければならず、両派を日を分けて福岡に召喚し、審理することに決した。

まず、家老吉田悟助と干城隊関係者たちを福岡に招き、ついで臼井、中島の同情派である執政上席吉田右近、参政上席吉田彦太夫をはじめ磯与三太夫、上野四郎兵衛、手塚小右衛門らを呼び寄せた。

藩では双方から事情をきき、両派はそれぞれの立場に立って意見を述べた。和解するよう説得したが、両派の主張に大きなへだたりがあり、藩は当惑した。

客観的にみて、臼井、中島の同情派の主張は筋道が通っていて、暗殺事件をひき起した干城隊側の行為はきびしく糾弾されるべきだ、と判断した。しかし、福岡藩は、事の善悪よりも秋月藩内の秩序を恢復《かいふく》することを第一と考えた。秋月藩を事実上支配するのは吉田悟助で、かれに非があるとすれば混乱はさらに激化する。それに吉田が総督の任にある干城隊の隊員たちはほとんどが二十歳以下の藩士で、血気にはやって過激な行動に出ることが十分に予想された。

福岡藩の重役たちは協議をかさね、吉田悟助派の者を不問に付すのが紛争をしずめるのに最も適しているとし、臼井、中島の同情派に対しては、秋月藩庁に強訴したのは許しがたいことと裁定するのが当を得ている、と断定した。

福岡藩では、吉田以下干城隊関係者に釈放を告げ、ただし秋月にもどってからはこの件に関して一切口をつぐむよう指示した。

吉田たちは、連れ立って秋月にもどっていった。

同情派に対しては、吉田右近、吉田彦太夫がそれぞれ藩の要職にあるので、刺戟《しげき》をあたえることを避けるため帰藩を許し、強硬に意見を主張した上野四郎兵衛、松村長太夫、宮井七左衛門、手塚小右衛門、同弘、吉村九内、渡辺約郎、右田平八郎、時枝作内、同虎雄、毛利三三次の十一名を幽閉することを申渡した。

藩では、荒戸谷町の元源光院跡に牢獄《ろうごく》を設け、かれらを投獄した。

二

両親を惨殺《ざんさつ》された十一歳の臼井六郎は、放心したように日を過していた。

事件のあった日の明け方近く、異様な家の気配と下女のただならぬ叫び声に眼をさましたかれは、廊下を急ぎ、寝所の入口に立つ祖父儀左衛門の背後から座敷の中をのぞき込んだ。

かれには、室内の情景をすぐには理解できなかった。近くに倒れている人の頭部から吹き出る血が顔面を流れ、露出した白い腿《もも》には幾筋もの傷口が大きく開き、そこからも血が吹き出ている。ざんばら髪になった髪が顔にへばりつき、ようやくそれが母であるのを知った。

乱れきったふとんから畳に両手をのばして倒れている人の体には、首が失われていた。まくれた寝着の裾《すそ》から太い足が突き出し、片方は膝《ひざ》が曲っていた。部屋の隅には、置物のように妹のつゆが虚脱して坐っている。

儀左衛門が振返り、六郎は自分の体が息もできぬほど強く抱きしめられるのを感じた。儀左衛門の体には、小刻みなふるえが起っていた。

かれは、それから寝所の前をはなれ、玄関に近い廊下の端に立っていた。自分の前を人があわただしく往《ゆ》き来し、叔父の渡辺助太夫や親族の者が顔色を変えて奥の方に入ってゆき、下男が玄関から走り出ていったりした。かれに意識はなく、体が宙に浮いているような感じであった。

叔父と親族の者たちが玄関から出ていって間もなく、門に近い庭の方で、首が、という声がきこえた。玄関の外はすでに明るくなっていて、下男が髪におおわれた頭部を捧《ささ》げ持って玄関から入ってきた。

六郎は、自分の前を通る頭部が口を半ば開いた父の顔であるのを見て、意識がうすれくずおれるように倒れた。

それからの日々は、ただ立ったり坐《すわ》ったり、日が没してふとんに身を横たえたりするだけのうつろな時間の経過であった。そうした中で、両親の通夜《つや》があり、簡単な葬儀のあとに埋葬があった。棺桶《かんおけ》が土中におろされてゆく時、妹のつゆが突然激しい泣き声をあげ、下女がしきりにあやしても首を絶えずふって泣くことをやめなかった。

叔父の助太夫が臼井家をつぎ、家に入って六郎の養父となった。家禄《かろく》の減俸があり、助太夫と親族の者たちが寄り合って話す内容に、六郎は父が藩から逆徒とされているのを知った。

やがて、父の汚名をそそごうとして多くの藩士たちが集り、藩に直訴し、さらに宗藩の召喚で福岡に行ったことも知った。しかし、それは徒労に終り、やがてそれらの人たちも家を訪れてくることもなくなった。

祖父、祖母、養父、妹との五人の生活は、重苦しいものであった。食事をしている時、突然、祖父が箸《はし》を置き、養父もそれにならって無言で腕を組み、宙に眼をむけることが多かった。二人の顔はゆがみ、「断じて許せぬ」「この怨《うら》みははらす」などという悲痛な言葉がもれた。

六郎は、食物も咽喉《のど》を通らず、涙ぐんでいた。

かれの眼の前には、むごたらしい母の遺体と下男の手にした父の首が絶えずうかび上っていた。養父や親族の者たちが「寝首を掻《か》かれた」と繰返していた言葉もよみがえり、父の無念が思われ、体がふるえた。寝所の畳は新しく替えられたが、家の中には血の臭《にお》いがこもっているように感じられた。

暑熱が増し、蟬《せみ》の鳴き声が屋敷を包んだ。

養父の助太夫は、家禄減俸によって大筒頭の郡奉行を罷免《ひめん》されて馬廻組下役となり、御殿に勤務するようになったが、屋敷にもどってくる顔の表情は暗く、ほとんど口をきくことはなかった。

六郎は、十一歳から通学を許される藩校の稽古館《けいこかん》に通っていたが、事件後は外に出ることはしなかった。

秋の気配がきざした頃、六郎は助太夫に呼ばれて藩校に通うよう命じられた。

「学問にはげむことが肝要だ」

養父は、低い声で言った。藩校には藩の子弟たちがいて、かれらに接する六郎の辛《つら》さを思い、痛々しいような眼をしていた。

翌日から、六郎はすぐ近くにある稽古館に通うようになった。朝五ツ半（午前九時）に素読教授がはじまり、九ツ半（午後一時）には終る。子弟たちは、六郎に複雑な眼をむけ、すぐにそらす。親しかった子弟が自分の横顔に視線を走らせているのを意識した。

かれは授業が終ると、すぐに屋敷にもどった。

夕刻に御殿からもどった助太夫の前に、六郎は坐り、

「父上は忠義の心をもって殿様にお仕えしておりましたのに、首までとられて無念です。母上まで無残なお姿になられて……」

と、これまで耐えたものを吐き出すように言うと、嗚咽《おえつ》した。

助太夫は口をつぐみ、深く息をついた。

六郎は、顔をあげると、

「父上は、殺されてもやむを得ないようなお方だったのですか」

と、助太夫を見つめた。

「そんなことは断じてない。まことの忠義の士であり、藩を思う心は他に比べもののない立派なお方であった」

助太夫は、激しい口調で答えた。

「そのような父上であったのに、なぜあのような殺され方をしたのですか。私は、父上の無念をはらしとうございます。父上を、そして母上をあのように斬《き》り殺したのは一体だれなのですか」

「それはわからぬ。わからぬのだ」

助太夫の眼に悲痛な色がうかび、六郎から視線をそらせた。

六郎は、無言で助太夫の横顔を見つめていた。

その夜、六郎はふとんにもぐって号泣した。血に染った母の白い腿と首の欠けた父の遺体が眼の前にうかぶ。父も母も、二十歳にもならぬ若い藩士たちに斬り殺されたのか。必ず下手人を見出《みいだ》し、復讐《ふくしゅう》する、と何度も胸の中で叫んだ。

気温が低下して空気が澄み、樹葉が紅葉しはじめた。

九月下旬の晴れた日の午後、稽古館での授業を終えて筆墨を片づけている時、六郎は、部屋の隅の方で一人の子弟が話す声を耳にした。それは干城隊員一瀬直久の弟道之助で、少し笑いをふくんだ声で伊藤豊三郎、間鉄之丞ら三、四名の子弟に得意気に話している。

その内容に、六郎は背筋に冷いものが走るのを感じ、耳をかたむけた。

「国賊の臼井亘理《わたり》を斬り殺したのは、おれの兄だ」

ついで道之助は、

「兄は家伝の名刀を腰におびていたが、その刀が刃こぼれした。人を斬るとはそのようなことで、よくある由《よし》だ」

と、言った。

六郎は、胸のはげしい動悸《どうき》をおぼえ、筆墨をまとめると稽古館の外に出た。眼の前がかすみ、足をはやめて道を進むと屋敷の門内に走り込んだ。

その日助太夫は勤務がなく屋敷にいて、座敷で庭に眼をむけながら茶を飲んでいた。

座敷に入って坐った六郎は、一瀬道之助の口にした言葉をうわずった声でつたえ、

「下手人は一瀬直久。父の仇を討ちます」

と、叫んだ。

助太夫は、六郎の顔を見つめ、庭に眼をむけた。六郎は助太夫の横顔に視線を据えていた。

やがて助太夫が六郎に顔をむけると、口を開いた。

「軽々しいことを申してはならぬ。六郎は十一歳、今はひたすら文武の道にいそしむことが必要だ。学問をまなび、物の道理を十分わきまえるようになってから、あらためて考えればよい」

助太夫は、一瀬直久の家が代々丹石流剣術の指南役をつとめ、直久も剣をよくしていることを知っていた。直久が臼井亘理を襲う役にえらばれたのは、その剣を買われたからにちがいなかった。

助太夫は、六郎が稽古館で耳にした話で一瀬直久が兄亘理を殺害した藩士であるのを知ったが、直久は容易ならざる相手で、復讐しようとしてもたちまち返り討ちにされてしまう。藩を根底からゆるがす大事件がようやくおさまった現在、助太夫は再び藩を混乱させる騒ぎを起すべきではない、と思った。耐えに耐え、辛うじて家名の断絶をまぬがれた臼井家の存続につとめるのが、自分の責務だと考えた。

「よいな、年端《としは》もゆかぬのに仇を討つなどということを決して口にしてはならぬ。学問に精を出すのだ」

助太夫は、きびしい口調で言った。

六郎は、視線を落した。

その後、六郎は、けわしい表情をして声を低めて交す祖父儀左衛門と助太夫の話に、父を殺害したのがやはり一瀬直久であるのを知った。屋敷にだれかわからぬが投書があって、そこには「亘理ヲ殺害セシハ一瀬直久ニシテ、妻ヲ殺害セシハ萩谷伝之進ナリ」と記されていたという。

六郎は、萩谷伝之進という名も胸に刻みつけ、成人したら必ず萩谷の命もうばおうとかたく心にきめた。

その年の九月八日、慶応が明治と改元され、下旬には朝廷軍に頑強に抵抗をつづけていた会津藩の降伏がつたえられた。江戸城は東京城と改称されて皇居となった。

翌二年五月、軍艦で蝦夷地《えぞち》におもむき抗戦していた旧幕臣榎本武揚《えのもとたけあき》ひきいる軍勢が軍門にくだり、これによって兵乱は全くやみ、全国が明治政府の支配下におかれた。

六郎は、復仇《ふっきゅう》の念を胸に秘めながら勉学につとめ、武術の稽古にもはげんでいた。

明治四年七月十四日、廃藩置県の詔《みことのり》が発せられ、秋月藩は秋月県となった。全国諸藩の旧藩主は東京に移住を命じられ、旧藩主黒田長徳《ながのり》も多くの旧家臣や領民に見送られて秋月を出立《しゅったつ》。八月二十三日、旧福岡藩主黒田長溥《ながひろ》とともに乗船して東京にむかった。

長徳が秋月をはなれて間もなく、三年前に吉田悟助ら干城隊派と対立して福岡の獄舎に幽閉されていた十一名の者が、廃藩置県によって釈放され秋月にもどってきた。その中には、叔父の上野四郎兵衛もまじっていた。

四郎兵衛は、すぐに臼井家を訪れてきて、迎え入れた儀左衛門と助太夫は、四郎兵衛の労に感謝の言葉を繰返した。

四郎兵衛はかなりやつれていたが、声には張りがあって吉田悟助派をはげしくなじり、審問もおこなわず拘禁をつづけていた福岡藩の態度を非難した。座敷の隅に坐っていた六郎は、殺害された父の汚名をはらそうとして身を挺《てい》して尽力してくれた四郎兵衛に深い感謝の念をいだいた。

廃藩置県によって藩情は一変し、藩庁は県庁になり、藩士は県の役人として勤務し、養父の助太夫も例外ではなかった。その月に散髪廃刀が指示され、助太夫も刀を帯びることなく、丁髷《ちょんまげ》を切った。

旧藩主に随行して多くの旧藩士が東京に去ったが、それにうながされるように秋月をはなれる者がいた。上野四郎兵衛も、いまわしい記憶の残る秋月に未練はないと言って、家族をともなって東京にむかい、六郎は、町はずれまで送っていった。

六郎は、養父に復讐をきびしくたしなめられて以来、それについて再び口にすることはしなかった。養父の言葉は絶対で、それにさからう気はみじんもなかったが、父の無念をはらそうという願いは日増しにつのっていた。

かれは、父亘理が不忠の士とされたことについて慎重に調べた末、事実無根の罪を巧妙に負わされ、虐殺《ぎゃくさつ》されたことを知った。殺害者は人道にそむいた許しがたい極悪人で、親を殺害された子は、その者の命をうばうのが当然の使命だと思った。

かれは、復讐をひそかに胸に秘め、養父にもさとられぬよう注意していたが、叔父の上野四郎兵衛には自分の悲願を知ってもらいたかった。四郎兵衛は、親族の中で最も激しく干城隊派と対決し、そのため獄にまでつながれた。四郎兵衛なら自分の気持を理解するというよりも、むしろ賞賛し力を貸してくれるように思えた。

かれは、四郎兵衛が東京で住居を定め、さらに文部省に職を得たという手紙を寄越していたので、思い切って手紙を出した。父を殺害したのが一瀬直久であることを直久の弟が友人に話しているのを耳にし、さらに投書もあって一瀬が下手人であることは確実だ、と書いた。無残な首のない父の遺体が忘れられず、一瀬を必ず殺害したいと思っている、と記した。

一カ月ほどして、四郎兵衛から六郎宛《あて》に長文の手紙が送られてきて、その中に養父助太夫からきいた話だとして、思いがけぬことがつづられていた。助太夫が親しくしている井手勝平という御殿の門番が一瀬直久の父亀右衛門のもとに行くと、亀右衛門は息子直久への怒りを井手に口にしたという。

亀右衛門は、臼井亘理に畏敬《いけい》の念をいだいていて、直久が臼井家に忍び入って亘理を殺害したことを憤《いきどお》り、さらに家伝の名刀を刃こぼれさせたことは言語道断で、手打ちにもしたいと思ったほどであった、と声を荒らげた。しかし、暗殺は、干城隊関係者の総意にもとづくものであるとのことで、手打ちにもできぬと言っていたという。

それを井手が、助太夫にひそかに告げたとのことで、六郎は、その文面に茫然《ぼうぜん》とした。そのような事実を養父が知っていたのは意外で、むろん祖父も養父からそれをきいているはずだった。自分に伝えないのは、六郎が復讐の念をいだくことを恐れているからにちがいなく、血なまぐさい出来事が新たに起らぬよう願っているのだろう。

六郎は、あらためて養父に自分の悲願をさとられてはならない、と強く思った。

四郎兵衛の手紙には、それにつづいて復讐は絶対にしてはならぬと書かれていた。あくまでも合法的であるべきで、旧藩主に一瀬直久を相応の刑に処して欲しいと歎願《たんがん》すべきだ、とむすばれていた。

六郎は、そのような方法は全く効果がないのを知っていた。藩は県となり、旧藩主は東京に去っていて、なんの権限もない。復讐を果すのは自分の力による以外になく、四郎兵衛にもそのことを再び手紙に書いてはならない、と思った。

年が明け、明治五年正月を迎えた。六郎は十五歳になった。

依然として出郷する者が多かったが、一瀬直久も東京に去ったことを耳にした。六郎は、ひそかに一瀬が住んでいた家の周辺をしらべ、それが事実であるのを知った。

一瀬が同じ秋月の町にいるということで六郎は一種の落着きをおぼえ、折をみていつでも命をねらえるという気持をいだいていた。東京は六郎にとって異国とも思える遠い地で、そこに去った一瀬とは永遠に会えぬような気がした。

かれは、深い失望感におそわれた。

その年の十一月九日に陰暦が廃されて太陽暦の採用が布告され、十二月三日が明治六年一月一日とされた。

その直後、徴兵令が布告され、旧藩士たちの間に波紋となってひろがった。武器を手にするのは武家とそれに準ずる者にかぎられていたが、徴兵令は一般の男子がその資格を得ることで、武家を消滅に追いこむ制度と解されたのだ。

旧藩士たちは、廃刀を指示されたとは言え、そのまま刀をおびた者もいて、かれらは複雑な表情をしていた。

その年は筑前《ちくぜん》一帯が旱魃《かんばつ》となって、六月になっても田植ができず、各地で雨乞《あまご》いがおこなわれた。

米不足に乗じて利益を得ようとする商人の動きが活潑化《かっぱつか》し、それに憤った農民たちが蜂起《ほうき》して大規模な百姓一揆《いっき》となった。かれらは各所で打ちこわしをおこない、電線を切断し、略奪をほしいままにした。暴徒は秋月にもせまり、騒然としたが、旧秋月藩士を中心にした者たちがこれを防ぎ、さらに一隊を組織して筑紫《つくし》郡に出向き、鎮撫《ちんぶ》にあたった。

そうした中で、六郎は一瀬のいる東京に行きたいとひそかに願い、養父に上京してさらに学問をきわめたいと申出たが、長旅であることを気づかった養父は許さなかった。

学制改革がさかんにおこなわれて、小学校が開校し、一般の児童たちも教育を受けられるようになった。

村々に小学校が設けられ、教師も物色されて、明治九年五月、六郎は、人に請《こ》われて秋月の南方にある三奈木《みなぎ》村の小学校の教師になった。かれは十九歳で、月給は二円五十銭であった。

かれは秋月から三奈木村に通い、熱心に児童に読み書きを教えていたが、三カ月後には辞任した。木付篤という親族が東京に行くことを耳にして同行を望み、養父も許してくれたのである。

旅装をととのえ、亡父が護身用としていた短刀を旅嚢《りよのう》の中にひそかにおさめ、八月二十三日に木付とともに秋月を出立《しゆつたつ》した。

小倉から船便を得て大阪につき、東海道を歩いて十月初旬に東京へ入った。秋月を出る前に東京にいる叔父の上野四郎兵衛のもとに手紙を書き、身を寄せたいと頼んであったので、木付と別れたかれは、西久保明舟町の四郎兵衛宅におもむいた。

四郎兵衛は喜んで迎え入れてくれ、六郎は寄食する身になった。

かれは、すぐに一瀬の所在をさぐった。一瀬は、旧福岡藩士の早川勇を頼って上京したことを秋月できいていたので、早川の周辺を調べた。その結果、早川は司法裁判所の判事の任にあり、早川の手びきで一瀬は司法省の権小属民事課に勤務し、次第に昇進して愛知県、岐阜県のそれぞれの民事課出仕をへて愛知裁判所の判事となり、名古屋に居住していることが判明した。

かれは、落胆した。上京する時、養父から金をあたえられたが、旅費で大半を使い果していた。名古屋は遠く、そこに行くまでの金はない。四郎兵衛には復讐《ふくしゅう》をかたく禁じられているので旅費をめぐんで欲しいと言うわけにもゆかず、それに文部省の小役人である叔父の収入を考えるとそのようなことは口にできなかった。

その頃、秋月に叛乱《はんらん》が起り、秋月の乱として新聞にも報じられるようになっていた。

徴兵制の布告について武士の廃絶を意味する廃刀令が発令され、それに激怒した熊本の神風連の士族たちが熊本鎮台を襲った。秋月の過激な士族たちはそれに呼応して、宮崎車之助、弟の今村百八郎を首謀者とする二百数十名が、十月二十七日に兵を挙げた。

かれらは、旧豊前《ぶぜん》藩の士族たちと合流しようとして豊前におもむき、強く挙兵をうながしたが応ぜず、進んできた小倉鎮台兵の攻撃をうけて敗走した。江川村に落ちのびた宮崎ら七人は自刃、自首降伏する者がつづいた。

残った二十余人は、十一月一日、秋月小学校に駐屯する鎮台兵を襲ったが、たちまち反撃されて散りぢりに逃げ、今村は捕われて斬刑《ざんけい》に処せられ、秋月の乱は挙兵後わずか一週間で鎮圧された。

その経過は連日のように新聞の記事になり、六郎は、故郷が兵乱の場になっていることに心を痛めたが、宮崎の自刃《じじん》と今村の処刑には小気味良さをおぼえた。二人は干城隊の有力な幹部で、父と母が惨殺《ざんさつ》された折、門外にいて指揮していたと言われ、二人の死に両親の怨念《おんねん》がわずかながらもはれたような気持であった。

六郎は、四郎兵衛の家で厄介になっているうちに寄食していることに重苦しさを感じるようになっていた。家計がかなり苦しいらしく生活は極度に切りつめられていて、かれがいることが経済的な負担になっているのを知っていた。

かれは、四谷《よつや》仲町で山岡鉄舟が開く春風館道場の前を何度か通り、書生として雇ってもらえないだろうかと思った。

山岡は、御蔵奉行をしていた小野朝右衛門の四男として江戸の本所で生れ、父の死後、千葉周作に剣術を、山岡静山に槍術《そうじゅつ》をまなび、静山急死の後、望まれて山岡家の養子となり、静山の妹を妻とした。

天性の資質に恵まれたかれは、いつの間にか江戸屈指の剣客と言われるようになり、幕府に招かれて慶応四年、精鋭隊歩兵頭取格となり、討幕軍参謀西郷隆盛《たかもり》を駿府《すんぷ》（静岡市）に訪れて徳川家の安泰と江戸開城への道を開いた。

維新後は明治政府に出仕、茨城県参事、伊万里《いまり》県権令をへて侍従番長となって明治天皇に側近として仕え、宮内《くない》省大丞《だいじょう》に任ぜられた。その間、剣は無敵となって一刀流正伝をつぎ、無刀流を興《おこ》して剣術の道場を開き、多くの門弟を擁していた。

六郎は、四郎兵衛に剣の達人であるとともに学識も豊かな山岡の書生になりたいと説き、翌日、四郎兵衛と同道して山岡の屋敷におもむいた。山岡に六郎は希望を述べ、四郎兵衛も言葉を添え、二人の懇請に心を動かされた山岡は申出をいれた。

翌日から六郎は山岡の屋敷に住み込んで労を惜しまず働き、かたわら勉学にはげみ、道場に行って剣術の修練につとめた。山岡は、六郎の誠実さに好意をいだいた。

年が明けると、西南戦争が起り、東京の空気も大きくゆらいだ。山岡はさらに昇進して宮内卿《くないきょう》代理となり、公務が一層多忙になった。六郎は書生として働きながらも、夜、ふとんに身を横たえると、父、母のむごたらしい遺体を思いうかべた。おびただしい斬《き》り傷の刻まれた母の白い腿《もも》に、母が肉体を犯されたような激しい悲しみと怒りをおぼえた。

かれは、少年時代に眼にした一瀬直久の顔を思いうかべながら、熱心に剣術の稽古《けいこ》にはげみ、その上達ぶりは門人たちの注目の的になった。

秋になって西郷隆盛の自刃がつたえられ、西南戦争は終結した。

明治十一年正月を迎え、六郎は二十一歳になった。

上京して以来、かれは東京に移り住んでいる旧秋月藩士にさりげなく会うことを繰返し、一瀬直久の消息をひそかにさぐっていた。一瀬は、旧藩士の中では恵まれた役人になっていたので、かれらは一瀬を話題にすることが多かった。

かれらの話によると、一瀬は依然として名古屋に居住していて、六郎は、名古屋に行こうと考え、月々山岡家からあたえられる手当を貯《たくわ》えることにつとめていた。

梅の花が散った頃、かれは一瀬の境遇に変化があったことを耳にし、胸をおどらせた。愛知裁判所勤務から静岡裁判所に転じ、甲府支所長に就任して甲府に移り住んでいるという。

甲府は東京から三十六里（一四四キロメートル）で、五日もあれば行きつくことができる。一瀬の方から自分に近づいてきたように感じた。

かれはすぐにでも甲府へ行きたかったが、山岡家の書生をしている身では自由はきかない。山岡に事情を打ち明け、復仇《ふっきゅう》のため甲府に行きたいと言ってみても、山岡が許しそうには思えなかった。叔父の四郎兵衛は旧藩主に処罰を請願すべきだと言ったが、山岡も宮内省の高官であるだけに個人的な復讐はすべきではない、ときびしくたしなめるにちがいなかった。

六郎は思案し、仮病を使うことを思いついた。道場での稽古で胸を痛め、その治療のために湯治の旅に出たいと申出ようと考えた。

かれは、翌日、道場での稽古からもどると、顔をしかめ胸をおさえてうずくまった。書生たちが心配して休むように言ってくれたが、六郎は心配ないと言って働きつづけ、数日後、書生頭に苦痛を訴え、神奈川県武州の小河内村にある温泉に湯治に行きたいと願い出た。書生頭がそれを山岡につたえ、山岡は即座に許した。

翌日、六郎は旅嚢の中に父の遺品である短刀をおさめ、屋敷を出て甲州街道を進んだ。旅中、八王子をすぎ、峻険《しゅんけん》な小仏《こぼとけ》峠を越えた。山峡の谷のふちを進み、勝沼から甲府についた。

一瀬が所長をしているという甲府支所を確認し、その近くの安宿に入った。

宿屋の者から一瀬が支所内に住んでいることをきき、その日から支所の近くに行って物陰からひそかにうかがった。門の中をのぞいて通りすぎたりしたこともあるが、門内は森閑としていて、一瀬の姿を眼にすることはできなかった。

一瀬が支所内の官舎に住んでいることは確実で、かれは連日朝から夕方まで支所を見守り、裏木戸も注意していたが、時折り人の出入りはあるものの一瀬を見出《みいだ》すことはできず、一カ月近くがむなしくすぎた。

宿に湯殿がなく、近くの湯屋に行って入浴していたが、五月の初旬の夜、浴客が、支所長が明日東京へ行くと話しているのを耳にした。

六郎は今度こそは支所を出てくる一瀬を眼にとらえることができると思い、翌日朝から支所を見守った。しかし、夕方になっても門から出てくる者はなく、夜明け前に出立《しゅったつ》して東京へむかったにちがいない、と思った。

翌朝早く宿を出たかれは、足をはやめて甲州街道を東にむかった。新緑が鮮やかで、山肌には山桜が所々に花を開いている。かれは、茶店で休息をとる度に官吏一行が通過したかどうかをたずねてみたが、それらしい者たちを見たという者はいなかった。支所長と言っても、部下を伴わず単身で上京したのだろう、と思った。

かれは、五月十日に東京に入った。

上京した一瀬がどこにいるのか、旧秋月藩士のもとを歩きまわってそれとなく探ったが、一瀬が上京した気配は全くなく、湯屋できいた話は事実と相違しているのを知った。

かれは、ためらうことなく再び甲府へ引返した。梅雨の季節を迎えていて、傘をさしたりして終日支所をうかがったが、相変らず一瀬を眼にすることはできなかった。ようやく路銀も乏しくなり、悔いを残しながらもやむを得ず甲府をはなれ、東京に帰りついた。

山岡の屋敷を湯治といつわって出立してから、すでに三カ月以上が過ぎていた。胸に痛みが生じたからと言って温泉に行ったにしては、余りにも長い期間だった。弁明しようにも弁明できるはずはなく、かれは山岡の屋敷に足をむけることを断念し、安宿で寝起きするようになった。

金が尽きて、日雇い仕事を探してわずかの金を得ていたが、仕事がないことも多く、食事もとれず神社の床下にもぐりこんで夜を過したりした。三日間も食物を口にできぬこともあった。

かれは、暗澹《あんたん》とした気持になった。秋月にいれば、養父や祖父とともに一応恵まれた生活ができるのに、上京して落魄《らくはく》し浮浪の徒のようにすごしている。叔父の上野四郎兵衛のもとに行って、帰郷したら返済するという条件で路銀を借りうけ、秋月へもどろうか、と思った。

かれは思案し、すっかり気持が萎《な》えて四郎兵衛の家の近くまで行ったが、足をとめた。首を断たれ口を半開きにした父の顔が眼の前にうかび、母の血にまみれた白い腿もよみがえった。人間としてこれほどむごたらしい死に方はなく、それを子である六郎、つゆをはじめ肉親、親族、雇人たちの眼にさらした両親が哀れで、その恥辱をはらさなければ子として生きてゆく意味はない。食う物がなく寝る場がなくとも、なんとしてでも仇を討たずには死ぬにも死にきれない、と思った。

かれは、踵《きびす》を返して道を引返した。

寒さが身にしみるようになり、十一月下旬、日雇い仕事の雇主から思わぬ話があった。六郎が読み書きが巧みで、小学校の教員、山岡鉄舟の書生をしていた前歴があるのを知った雇主は、埼玉県熊谷《くまがや》町の裁判所雇員に欠員があってそれに応じる気はないか、と言った。

七円という薄給ではあったが、六郎は喜んでその話を受け、雇主の紹介状を手にして熊谷におもむき、面接を受けて雇員にやとわれた。

その年、論功行賞と減俸に不満をいだいた近衛《このえ》兵《へい》二百が竹橋事件と称された叛乱を起し、山岡鉄舟が門人たちその他をひきいて御座所を守護し、ついで、北陸、東海地方を巡幸する天皇に御用掛として随行したことを新聞紙上で知った。

年が明けて明治十二年を迎え、六郎は、熊谷で仕事に精励した。雇員とは言え、勤務ぶりが認められれば正式の所員となり、さらに上級職に進級する道がひらかれているようだった。

きびしい寒気がゆるみ、梅が散り、桜の花が開いた。

その頃、かれは、熊谷にとどまっていることに落着きを失うようになっていた。東京にいる折には、旧秋月藩士たちから一瀬の消息をきくことができたが、熊谷では全くそのような機会はない。一瀬は、まだ甲府にいるのか、それとも他の地に移ったのか。日々の暮しは安定しているが、熊谷にこのままとどまるべきではないと思った。

生活を切りつめていたため或《あ》る程度の貯えができていたので、七月に入って職を辞した。突然の辞表提出に上司は驚いて理由をたずね、六郎は故郷の祖父が病いに倒れたので帰郷する、といつわりの答えをした。

かれがその時期に辞任したのは、官吏が交替で暑中休暇をとるのを習わしとしていて、一瀬も、甲府にいるとしたら休暇を楽しむため上京するのではないか、と考えたからであった。かれは熊谷をはなれ、東京にもどった。

暑熱が甚しく、六郎は、毎日額に汗をうかべながら一瀬の動向をさぐって歩いた。

が、上京した気配は全くなく、休暇も終った。

かれは、再び日雇いの仕事を探しては働き、暮しを切りつめて貯えた金が減らぬようにつとめた。秋月から出てきた折に身につけていた着物はしまい込み、買い入れた古着を着て労働に従事した。

そのうちに六郎が読み書き算盤《そろばん》に長じていることに気づいた雇主から帳簿づけを頼まれるようになり、労働から解放された。暮しも安定し、月に二度の休みの日には、旧秋月藩士のもとに行って、一瀬の消息をさぐった。

一瀬は、甲府支所にとどまっているようだったが、二度にわたって甲府に行ったのにその姿を眼にできなかったのが不思議であった。一瀬が、自分が命をねらっていることに気づいて身をかくしているのか、と思うこともあったが、その考えはすぐに消えた。養父助太夫と叔父の上野四郎兵衛には悲願を打明けたが、強くたしなめられてからはそれを深く胸に秘め、他の者にも口にしたことはない。

支所長である一瀬は、常に支所内にいて外には出なかったのだろうか。信じがたいことで、不運にもすれちがうことを繰返していたとしか思えなかった。

少年の頃にきいた仇討の話が思い起され、二十年、三十年と処々方々を探しまわってようやく仇にめぐり会えた時には双方が老人になっていた例もあるという。そうした苦難にみちた旅にくらべれば、両親が殺害されてから十一年、まだ旅は序の口と考えねばならなかった。

天は自分の志を殊勝に思い、必ず念願をかなえてくれるはずで、焦《あせ》らずに時機到来を待つべきだ、と思った。かれは、深夜、部屋の中で短刀をひき抜き、眼を光らせて素速く突き刺す稽古を繰返した。

明治十三年の正月が明け、二十三歳になったかれは、父亘理《わたり》に似て長身で、骨格も逞《たくま》しく、顔の彫りは深かった。

一瀬は甲府からはなれず、支所長として勤務しているようだった。六郎は、甲府に行ってみたいと何度思ったか知れないが、長い間滞在しても見出すことはできず、徒労に終るような予感がして、足をむける気にはなれなかった。

春がすぎ夏を迎え、秋も深まった。かれは、時折り激しい苛立《いらだ》ちをおぼえ、それが耐えられなくなるほど気持がたかぶると短刀を抜き、その刃を見つめていた。

気温が低下し、かれは十一月中旬の休みの日に長い間会っていない旧秋月藩士手塚祐《たすく》の家におもむいた。手塚は文部省の小吏をしていて、官員流行《はや》りの髭《ひげ》をたくわえていた。

挨拶《あいさつ》を終え、雑談になった。秋月出身の在京者のことが話題になったが、不意に手塚の口から一瀬直久の名が出て、六郎は体をかたくした。

手塚は、一瀬が静岡裁判所甲府支所長から東京上等裁判所勤務の判事に転じ、本芝三丁目の屋敷に住んでいる、と言った。

「一瀬殿が郷土出身者の中では出世頭と言っていいだろう。なかなか頭のきれる人物とのことだ」

手塚は、賛嘆するような眼をした。

六郎は、さりげなく合槌《あいづち》を打っていた。

一瀬が自分のとどまる東京にいることに、興奮した。一瀬の方から自分の方に近づいてきたのは、天のありがたい配慮によるものだ、と思った。

手塚の家をそうそうに出たかれは、胸の動悸《どうき》がたかまるのを感じながら足をはやめて西への道を進み、増上寺山内のかたわらをすぎた。

赤羽橋を渡ると屋敷がつづき、その間の道を通って海浜に近い本芝三丁目の一郭に近づいた。手塚の言った通り一瀬の標札の出ている門のある家を見出したが、屋敷ではなく中程度の構えの家であった。

六郎は、懐《ふところ》におさめてある短刀の鞘《さや》に手をふれさせ、門の前を通りすぎると松の幹のかげに身を寄せ家の方を見つめた。故郷秋月を出てから四年三カ月、一瀬の標札の出た家を眼の前にしていることに、胸が熱くなり、眼に涙がにじんだ。一瀬はその家を出て勤務先に行き、勤務を終えた後家にもどる。一瀬は、確実に自分の手のとどく所にいる、と思った。

日が傾き、雨が落ちてきた。夕闇《ゆうやみ》が濃くひろがった。

かれは、今日のところは家をたしかめただけで十分で、また来て家を見張ろうと思った。雨勢がさらに増してきて、かれは松の下をはなれ、雨に打たれながら家に近づくと門内をのぞきこんで通りすぎた。家の内部には灯火がともされていて、かすかに明るんでいた。

体がずぶ濡《ぬ》れのまま長い間歩いたため、夜半から高熱を発し、咳《せき》が激しくなった。翌日も熱はさがらず食欲は失われ、かれは勤め先の宿所で身を横たえていた。焦る気持はなく、一瀬の住む家を知ったかぎり襲う機会は十分にあり、落着いてその時がくるのを待とう、と思った。

三日後にかれはふとんからはなれ、帳簿づけの仕事をした。一瀬はすでに自分の掌中にあるような気がして、はやる気持はなかった。

体調もようやく復したので、翌々日の夕方、短刀を懐中にして一瀬の家にむかった。本芝三丁目に近づいた頃には夜になっていて、空に冴《さ》えた月がのぼった。

家には灯がともされ、かれは門に近い物陰に身をひそませた。一瀬は人力車で帰ってくるのか、それとも徒歩か。

道に人通りはなく、かれは門に視線を据えて立っていたが、近づく人影はなかった。寒さが身にしみてきて、かれは再び風邪をひき込むことを恐れ、家の前をすぎて赤羽橋の方に引返していった。

その後、二度本芝三丁目に足をむけたが、一瀬の姿は眼にできず、目標を勤務先に変えて、夕方、霞《かすみ》ヶ関《せき》の東京上等裁判所の門の前におもむいた。門からはしばしば髭をのばした官吏風の男が人力車に乗って出てきたりして、人の出入りが多かった。

六郎は、道ばたの樹木のかげからその男たちに視線をむけていたが、少年時代眼にした一瀬を眼にすることはできなかった。

かれの胸に、焦りの気持が湧《わ》いてきた。住居と勤務先を知り、その前を見張っているのになぜ一瀬の姿を見ることができないのか。またも転勤したのだろうかという思いがしたが、住居に一瀬という標札が出ていることからみて、東京にいることはまちがいない。病いにかかって治療のため、どこかの病院に入っているのか。それとも地方に出張していて東京にはいないのか。

六郎は、帳簿づけという仕事に拘束されているのが一瀬を発見する大きな障害になっているのを感じた。休みは月に二日で、それ以外の日は、夕方から出てゆく以外にない。朝から夜まで張込みをつづけなければ、一瀬の姿を見出《みいだ》すことはできないだろう。

かれは、雇主に辞職を申出た。世話する人があって役所の雇員の口があり、その職につきたいのだ、と偽りの理由を口にした。雇主は、知識も豊かな六郎をいつまでも引きとめておくことはできないと感じていたらしく、快く承諾し、給与以外に餞別《せんべつ》の金も渡してくれた。

かれは安宿に身を落着け、あらためて一瀬を発見する方法について考えてみた。

本芝三丁目の家を見張って夕方から夜にかけて帰宅するのを待ったが、見出すことができなかったのは、一瀬の住居であるのはまちがいないとしても、勤務先から遠いので裁判所に近い所を仮宅にし、そこから通って稀《まれ》にしか本芝三丁目の家にもどらぬのかも知れない。判事である一瀬は、当然、毎日とはゆかぬまでも裁判所におもむき勤務している。裁判所こそ見張るべきで、住居はその対象外にするのが妥当なのだ、と思った。

かれは、裁判所から比較的近い京橋区五郎兵衛《ごろべえ》町に商人宿を見つけ、そこへ移った。

十一月下旬から雨は全く降らず、十二月に入っても晴天の日がつづいて空気は乾燥し、風邪がはやった。

六郎は、毎日朝、宿屋を出ると霞ヶ関まで歩き、東京上等裁判所の門の近くに行って、しゃがんだり立ったりして門の方をうかがった。人力車や人の出入りが多く、かれは丹念にそれらの男の顔に視線をのばしていたが、一瀬を眼にすることはできなかった。

いったい一瀬は、どこにいるのだろうか。故郷の秋月に肉親の死があって休暇をとり帰郷しているのかと、思ったりした。

さまざまな想念が湧き、かれは夜、酒を飲むことで苛立ちをまぎらせた。

十二月十三日も、朝から空に雲一片もない快晴だった。

かれは、裁判所を見張り、その日もむなしく、夕方、門の前をはなれた。

城の濠《ほり》にそって歩き、銀座方向にむかった。水面にはおびただしい鴨《かも》の群れが浮んでいた。

銀座の通りに入った時、かれの体は不意に硬直し、足をとめた。道ぞいの商店の前に立って内部に眼をむけている男の横顔に、かれの視線が注がれた。一瀬だ、と胸の中で叫んだ。官員髭をはやしていて、眉毛《まゆげ》が太く頤《おとがい》の張った男の顔は、まちがいなく一瀬のそれだった。紺の着物に袴《はかま》をつけている。

六郎は、懐中に手を突き入れ、短刀の柄《つか》をかたくにぎりしめた。

一瀬が歩き出し、時折り道ぞいの商店に眼をむける。かすかに夕闇がひろがりはじめ、灯をともしている店もある。道には男や女が歩き、人力車も通り、空荷の大八車をゆっくりとひいてゆく男もいる。

気持がはやりにはやったが、そのような多くの人が通る道で襲うことはできず、人通りのない路地に入った折に近寄ろうと思った。

一瀬が大股《おおまた》で歩いてゆき、角を曲った。六郎は足をはやめ、つづいて道を左折した。前方を歩く一瀬が、右手の家の門の中に消えるところだった。

六郎は進み、門の前を通りすぎた。門には尾崎と書かれた標札がかかっていた。あたりは薄暗くなっていて、近くに稲荷《いなり》の小さな祠《ほこら》があり、かれはそのかげにまわって門に視線をむけた。恐らく知人の家にちがいなく、所用をすませれば出てくる。人通りの多い銀座の通りから横道を入ると、驚くほど森閑としているのが不思議に思えた。歩く人の姿はなく、一瀬を襲うのに恰好《かっこう》の場所に思えた。

かれは懐中から短刀を出し、しっかりと握りしめた。

郷里を出てから甲府に二度もおもむいたりして探し求めたが、地にもぐったように一瀬の姿を見出せなかったが、偶然にも眼にとらえることができた。やはり、一瀬は東京にいたのだ。

十一歳の折に両親の無惨《むざん》な遺体を眼にして一瀬を殺害することを決意し、それから十二年、悲願を達する時がやってきた。一瀬はかなりの剣の使い手だと言われていたが、廃刀令で刀をおびることは禁じられている。六郎は、山岡鉄舟の道場で剣術の修業にはげみ、その術を利用して短刀を使う手段も身につけている。一瀬が家から出てきたら、さりげなく近寄り、一気に刺殺する。

かれは眼を光らせ、門を見つめていた。

夜の闇が濃くなり、道に時折り人が通った。酔っているらしく、おぼつかない足取りですぎる男もいた。

夜廻りの柝《ひょうしぎ》の音が遠くでしていて、その音も消えた。夜がふけたのに、一瀬は出てこない。

寒気が増し、体にふるえが起りはじめた。

尾崎とは一瀬の友人で、共に酒を飲み、一瀬は泊るのだろうか。

一瀬の姿を眼にした六郎は、自分の念願が近々のうちにかなえられるという自信をいだき、祠のかたわらをはなれた。かれは、門内の家を鋭い眼で見つめ、その前を過ぎた。

翌日も、朝から裁判所の前に行き、樹木のかげからうかがった。

昨日、銀座で一瀬を見かけたのは、六郎が眼をはなしたわずかな時間に勤務を終えた一瀬が裁判所を出て銀座方面に行ったのだろう。やはり見張るのは、裁判所だと思った。

しかし、その日もむなしくすぎ、翌日も出勤時刻と思える頃から夕方まで裁判所の前に立っていたが、結果は同じであった。

六郎は思案し、或《あ》ることに気づいた。

通常の役所勤めとはちがって、判事である一瀬は、毎日裁判所に出向くことはないのではないか。裁判とそれに附随した事柄がある時だけ、裁判所の門をくぐればよいのではないのか。恐らくそうにちがいなく、そのため一瀬の姿を眼にできないのだろう。銀座で見かけたのも、裁判所での勤務からの帰途ではなく、ただ散策していただけかも知れない。

一瀬が顔を出す確率のたかいのは、どこか。

その一つに、旧秋月藩主黒田長徳《ながのり》の屋敷がある。長徳は、廃藩置県で東京に移住し、京橋区三十間堀三丁目にある屋敷に住んでいる。六郎が起居する宿屋に近い。

屋敷の棟つづきの家に鵜沼不見人が家扶として住み長徳家の家務や家計にたずさわっている。鵜沼は、六郎の伯母としの長女わかを妻としていて、いわば縁戚《えんせき》関係にあり、六郎は出京後、鵜沼を一度長徳の屋敷に訪ねたことがある。

その折の話では、在京の旧秋月藩士たちが長徳の御機嫌うかがいに参上し、長徳もそれを喜び、旧藩士たちは屋敷を一種の集会所のようにして雑談したり囲碁をしたりしてすごすという。判事にまでなった一瀬も屋敷におもむくことが十分に考えられ、その度数は多いかも知れない。

十二月十七日も晴天で、六郎は、いったん裁判所の前に行き、出勤時刻も過ぎたと思われる午前十時すぎに門の前をはなれ、三十間堀に足をむけた。

屋敷の門を入り、右手にある鵜沼の住む家に行った。

奥に声をかけると、初老の下男が出てきて、鵜沼が不在であることを口にし、長男の倫之進が風邪を引いて二階の部屋で寝ている、と言った。

六郎は、鵜沼の帰りを待とうと考え、廊下を進んで階段をあがった。藤野房次郎という倫之進の学友が見舞いに来ていて、六郎の姿を見た倫之進は半身を起し、挨拶《あいさつ》した。

三人で雑談をしていると、もどってきた鵜沼が二階にあがってきた。六郎は無沙汰《ぶさた》を詫《わ》び、鵜沼と火鉢に手をかざしながら秋月にいる親族たちの消息を語り合った。鵜沼は、六郎の父母が殺された後、かなりたってから伯母の長女と結婚しているので事件の内容については詳しくは知らず、六郎にはかえって心安かった。

しばらくして階段をのぼってくる足音がして、障子がひらいた。

六郎は、背筋が一瞬凍りつき、顔から血の色がひくのをおぼえた。思いがけず羽織、袴をつけた一瀬だった。

一瀬は、鵜沼に軽く会釈《えしやく》をすると、部屋に入り、少しはなれた火鉢のかたわらに坐《すわ》った。屋敷にくると二階の部屋によくくるらしく、鵜沼ともあらたまった挨拶はしない。だれかがくるのを待っているのか、火鉢に手をかざし、無言で壁の方に眼をむけていた。上等裁判所の判事らしい風格があり、威厳もある。濃い髭《ひげ》が顔に似合っていた。

六郎は、懐中の短刀を意識した。一瀬が現われたのは天があたえてくれた好機で、これをのがしては父の恨みをはらすことはできない。首を断たれた父の顔が、眼の前にひろがった。

飛びかかって一瀬に短刀を一気に突き立てよう、と思った。しかし、鵜沼や藤野たちが驚いて自分をおさえこもうとするにちがいない。落着くのだ、と六郎は胸の中で叫んだ。一瀬が一人になる時が必ずやってくる、と、はやる気持をおさえた。

にぎやかな声がして階段をのぼってくる足音がし、障子がひらいて二人の男が入ってきた。旧秋月藩士の白石真忠と原田種忠で、六郎は、かれらの顔に見おぼえはあったが、二人は、六郎が臼井亘理《わたり》の伜《せがれ》とは気づかぬようだった。

六郎は、さらに二人が加わったことに失望した。二人は、一瀬が手をかざす火鉢のかたわらに坐り、一瀬に軽く頭をさげた。一瀬につかみかかれば、二人は当然六郎に組みついてくる。一瀬は、白石、原田と親しいらしく表情をゆるめて談笑している。

「今日は殿様に御拝謁《はいえつ》いただくつもりだ」

一瀬の言葉に、二人は私たちもついてゆく、と言った。

六郎の苛《いら》立《だ》ちはつのった。一瀬につかみかかっても白石と原田にさえぎられ、傷つけることはできても殺すことはおぼつかない。それではなんの意味もなく、熟睡していた父の寝首を掻《か》いた一瀬を確実に殺さなければ、父の怨《うら》みははらせない。

旧藩主に挨拶した一瀬は、屋敷を辞して帰途につく。白石と原田とも別れて一人になるだろうし、それを見はからって刺殺しよう、と思った。

一瀬が、急に思い出したように懐《ふところ》から一通の封書を取り出すと、

「これを郵便函《ばこ》に入れるのを忘れていた。階下に行って下男にたのんでくる」

と言って、腰をあげた。

鵜沼が、

「私が下男に郵便函に入れさせましょう」

と、手をさし出した。

同時に白石と原田が、

「いや、私が……」

と、それぞれ一瀬に声をかけた。判事である一瀬に、二人は敬意をいだいているようだった。

一瀬は無言で手をふり、障子をあけて階下へおりていった。

今だ、と六郎は思った。すぐに立ち上りたかったが、それでは後を追うような形になり、かれは両膝《りょうひざ》をつかんで耐えた。

「ちょっと厠《かわや》へ……」

かれは、だれにともなく低い声で言うと腰をあげ、障子の外に出た。落着くのだ、と自分に言いきかせ、階段を足をふみしめながら静かにおりた。

階段の下り口のかたわらに小部屋があり、屏風《びょうぶ》が立てられていた。おりきったかれは、素速く屏風のかげに身をひそめた。

下男に封書を渡した一瀬は、二階にもどるため必ずこの階段をのぼってゆく。六郎は、懐にひそませた短刀を取り出し、帯にはさんだ。

廊下を玄関の方から足音がしてきて、一瀬が姿を現わし、階段の登り口に足をかけた。

六郎は屏風のかげから飛び出し、短刀をひき抜くと父の仇《かたき》と叫んだ。

振りむいた一瀬は顔色を変え、玄関の方へ体を動かした。六郎は、一瀬の着物の衿《えり》をつかみ、首に短刀の刃先を突き立てた。が、分厚い襟巻を首に巻いていたので、刃先がそれにふれてずれた。

六郎は、短刀を引き、こちらに向いた一瀬の胸部を刺した。

一瀬の顔がゆがみ、強い力で六郎につかみかかってきたが、六郎は再び胸に短刀を突き立てた。

「乱暴、乱暴」

一瀬は叫び、なおも六郎の体にしがみついてきた。

六郎は押し倒し、一瀬の体にまたがると咽喉を突き刺した。血が六郎の顔に飛び散り、六郎は、さらに咽喉に何度も短刀を突き刺した。

一瀬の体が動かなくなったのでかれは立ちあがり、一瀬を見下した。胸と咽喉から血液が呼吸をするように流れ出ていて、一瀬を確実に刺殺したことを知った。かれは、思いがけず自分がひどく冷静であるのを意識した。家の主の鵜沼のことを思った。家を血でよごしたことが申訳なく、鵜沼に一瀬を殺した理由を述べて詫びなければならぬ、と思った。

二階にあがろうとしたが、二階の者たちが階下の出来事に気づいて危険を感じたらしく、階段が引き上げられていた。

やむなくかれは、短刀を鞘《さや》におさめて手拭《てぬぐい》で巻き、羽織に血がおびただしく附着しているのを眼にし、脱ぎ捨てた。

廊下を進み、無人の台所に入って甕《かめ》の水をすくい、手と顔を洗って玄関から出た。

「六郎、なにをしたのだ」

声をかけられ、振りむくと、顔を蒼白《そうはく》にした鵜沼が二階からこちらに眼をむけていた。

六郎は、頭をさげると、父の仇を討ったと告げ、家をよごしたことはまことに申訳ない、と言って、再び頭を深くさげた。

かれは歩き出し、門の方にむかった。父の怨みをはらしたと思うと、急に熱いものが突き上げてきた。

門の外に出ると、空の人力車をひいた車夫が近づいてきた。呼びとめて乗った六郎は、近くの警察署に……と言った。

車がとまったのは、第二方面第一分署の幸橋外分署であった。

かれは分署に入り、署員の前に立つと、父の仇である一瀬直久を刺殺したと告げ、手拭に包んだ短刀を差出した。署員があわただしく奥に入り、分署長が出てきた。六郎は再び一瀬を殺したことを述べ、無言できいていた分署長は、殺害した場所が旧秋月藩主の屋敷内であるのを知ると、管轄《かんかつ》ちがいであると言って、署員に第一方面第三分署の京橋警察署に連れてゆくよう命じた。

六郎は、署員と京橋警察署におもむき、署員に引渡された。署員たちの動きはあわただしく、署員が鵜沼の家にむかって殺害現場の確認をし、一瀬の遺体を検視した。六郎は留置された。


江戸時代、仇討は、武士の当然の行為として儒学者もそれを強く支持し、世人もこぞって賞讃《しょうさん》していた。

明治時代に入ってもその風潮はうけつがれ、明治元年九月にそれを象徴する出来事が起っている。

日吉四郎という武家が、新政府に復讐《ふくしゅう》願書を提出した。実父吉井顕蔵が小原彦蔵、小田新兵衛に殺害され、その原因が好ましくないものであったので二人は捕えられて死罪を申渡された。日吉の願書は、仇討をしたいので小原、小田の首斬《き》り役に任じて欲しいというもので、新政府は「孝子之《の》情難㆑黙止㆒」として願いを許し、日吉は鈴ヶ森刑場で二人の首を斬り落した。

また、明治三年八月には、胆沢《いさわ》県(現岩手県の一部)より太政官に伺書が提出された。七年前の文久三年(一八六三)、陸奥《むつ》国磐井《いわい》郡東山中川村の百姓弥太夫が、地所争いから同村の長太夫を水田で殴殺《おうさつ》し、行方をくらました。長太夫の長男幸治十八歳、次男幸七十四歳は、復讐を決意して翌年春に村を出立《しゅったつ》、仲間奉公などをしたりしながら剣術の稽古《けいこ》にもはげんだ。

弥太夫が南部領にいるという風評を耳にした二人は、その地におもむいて、明治二年三月二十八日、弥太夫を見出し、父の仇とつめ寄ると、弥太夫は、殺したことを認め、長太夫を殺した場所で勝負を決しよう、と言った。

兄弟は承諾し、夜を徹して翌日その場に着き、幸治が所持した脇差《わきざし》を貸しあたえたが、弥太夫はそれを短いと言って田に突き立てられた四尺(一・二メートル強)ほどの長さの杭《くい》を引き抜いた。兄弟は、脇差で渡り合い、幸七が弥太夫の膝を斬りはらい、よろめくところを肩から斬りさげた。幸治が弥太夫の首を斬り落し、風呂敷《ふろしき》につつんで父の墓前に手向けた。

それより死骸《しがい》の横たわった場所にもどり、幸治が村の庄屋に届出、役人が出張して二人を拘留した。

この復讐にいたる陳述書を添えた伺書には、二人の行為は「奇特之至」で胆沢県の「亀鑑《きかん》」でもあり、相応の褒美《ほうび》をあたえたいので御指示を仰ぎたい、と記されていた。

この伺書に対して、太政官は、伺書の趣旨に賛意をしめし、県で兄弟を「精々世話」するようにと回答した。武士のみならず百姓、町人の仇討にも好意的であった江戸時代の風潮が、この出来事にも踏襲されていた。

政府は、維新後、欧米先進国にならうため各部門の制度の刷新につとめ、法制の検討も推し進めた。殺人は重罪であり、美風とされていた仇討もそれに類する行為であることはあきらかで、法律上どのように定義すべきかという論議がにわかに活潑《かっぱつ》になった。

明治三年五月、刑部省《ぎょうぶ》は、省内で協議をかさねた末、法治国家として法を守ることを第一とすることを基本に、仇討についての見解を発表した。祖父母、父母が殺され、その子が仇討をする際に、官にとどけず殺した場合は、六十敲《たた》きの刑に処し、官にとどけた折には不問に付す（無罪）、という内容であった。

この見解について、刑部省は、前年八月に開校された大学校（東京大学の前身）の法律部門に諮問《しもん》した。

これにまず回答を寄せたのは、中博士芳野世育、少博士藤野正啓、木村正辞で、連名で意見書を提出した。

官にとどけ出たか否《いな》かによって刑に処するかどうかを定めるのは、全く意味がない。古くからの仇討をみても、仇を討つその折に官に届けた例は少い。長年仇をもとめて苦労し、偶然発見した時は、「雀躍《じゃくやく》シテ刃ヲ交ル」もので、官にとどける暇などない。結論として早計に敲刑《こうけい》などという姑息《こそく》なことなど定めず、多くの者の意見を聴取して律条を設けるべきだ、としていた。

これにつづいて大学校の中教授小中村清矩と少教授依田董も、連名で回答書を寄せていた。

仇討は親を殺された子の美挙で、法律で禁止すべきものでは断じてない。しかし、官に告げずにおこなうのは、たしかに殺人の罪とされてもやむを得ない。これは「官ヲ畏敬《いけい》スル道」であって、仇討をした者も「甘シテ其《その》罪ヲ受ヘシ」として、六十敲きの刑に処すのは妥当である、と刑部省の見解に賛意をしめしていた。

学者をまじえて政府部内ではさかんに論議が交わされ、容易に結着をみなかった。

しかし、大勢は、一つの方向に傾きはじめた。

祖父母、父母を殺された者は、自ら復讐するよりも裁判所に申し立て、裁判所はただちに殺害者を捕縛し、それ相応の刑に処す。官に申し出ず復讐した者は、情状酌量の余地はあるものの殺人罪として処罰する。

この意見に対して異論を唱える者の声は徐々に弱まり、これが結論となった。

この結果、明治六年二月七日、政府は第三十七号布告として、仇討禁止令を発令した。内容は、仇討をした者は「謀殺」の罪によって処罰するというものであった。

さらに七年後の十三年には、仇討についての条文は全く法典から消え、通常の殺人罪として扱われることに改められた。

しかし、仇討禁止令は法律関係者のみが承知しているだけと言ってよく、一般にはほとんど知られていなかったため、六郎の一瀬に対する復讐は仇討として人々の注目を浴び、事件後七日たった十二月二十四日には新聞記事となってひろく知れわたった。階段をのぼりかけた一瀬を襲う六郎を絵にしてのせた新聞もあった。

六郎が一瀬を殺害したことは在京の旧秋月藩士の間にたちまちひろがり、叔父の上野四郎兵衛から六郎の生家につたえられた。祖父の儀左衛門は、ことのほか喜び、

けふといふ今日は雲霧はれ尽し
富士の高根を見る心地せり
と、和歌によんだ。
年があらたまって明治十四年になり、六郎に対する本格的な取調べがはじめられた。六郎は、取調べに対して父母が惨殺《ざんさつ》されたことから復讐を決意し、上京して甲府へ二度行き、遂《つい》に一瀬と黒田邸で遭遇し、刺殺にいたった経過を詳細に陳述した。六郎の携帯品の中には折々にしたためた覚え書きがあって、行動した日時も確認された。その答弁書は、厖大《ぼうだい》なものであった。
世上では、十二年の苦難の日々をへて仇を討った六郎を「孝子の鑑《かがみ》」として賞《ほ》めたたえ、さらに高官として名高い山岡鉄舟を師と仰いでいたことからさらに評判はたかまった。
しかし、取調べ官は、そうした世評を無視して六郎の取調べにあたった。仇討禁止令が明治六年四月に公布されていることについて六郎にただし、六郎は全く知らなかったと答え、取調べ官は知らぬはずがないと執拗《しつよう》に追及した。また、一瀬直久を仇とねらったことについて、一瀬が六郎の父を殺害したという確かな証拠がないとして、それについての調査もおこない、秋月にも人を派してそれが事実であるのをたしかめた。

養父の助太夫、叔父の上野四郎兵衛が、復讐するという六郎を強くたしなめたのに、六郎がなぜ凶行に及んだのか。六郎は、自ら心にかたくきめたことだと陳述したが、取調べ官は、そそのかした者がいたのではないかと疑い、師である鉄舟のもとにも出張して、それとなくただした。むろん、鉄舟は六郎の悲願を知るはずもなく、六郎の意志による犯行と断定された。

また、縁戚《えんせき》関係にある黒田家の家扶鵜沼不見人が、一瀬が屋敷にくるのを知っていて六郎を手引きし、悲願を果させたのではないかという声もあったが、そのような事実はないと判定された。

夏を迎えて、裁判が東京上等裁判所ではじめられた。六郎は、判事の職にあった一瀬を殺害したことは死罪に相当するものと覚悟していて、被告席にあっても終始冷静に質問に応じた。

最終の裁判で六郎は、母清を殺害した旧秋月藩士萩谷伝之進を裁判にかけ、厳刑に処して欲しい、と嘆願したが、取りあげられることはなかった。

九月二十二日、判決が下された。

福岡県筑前《ちくぜん》国夜須《やす》郡野鳥《のとり》村四百七十九番地　士族

臼井慕（亘理《わたり》）長男

臼井六郎

として、判決理由がつづられていた。

「其方儀　明治元年五月二十三日夜、父母ノ寝所へ忍入、父亘理及母ヲモ殺害シ、嬰《えい》孩《がい》ノ妹ニマデ傷ヲ負ハセ立去リシ者アリ。其場ニ至リ視《み》ルニ、其惨状見ルニ忍ビズ。」

その後、父を殺害した者が一瀬直久であるのを知って復讐を決意し、鵜沼不見人宅で一瀬に会い、殺害して警察署に自首したという経緯が記され、刑法によって、「士族タルニ付……禁獄終身申付ル」とむすばれていた。

仇討禁止令が公布されてはいるものの、「士族タルニ付」という一文には、武士が仇討をするのは古くからの仕来《しきた》りという意味合いがふくめられていて、死刑に相当する罪ながら終身禁錮《きんこ》とされたのである。

ただちに六郎は、石川島監獄署に収監され、ついで東京集治監に移監となった。

集治監では、西南戦争をはじめとした内乱や頻発していた犯罪で捕えられた者たちが収容されていたので、定員をはるかに越え、囚人の反抗する傾向が強く、逃走事故もしばしば起っていた。そうした中で、六郎は、集治監の囚人規則を忠実に守り、主な作業である煉瓦《れんが》づくりにはげみ、看守に好感をいだかれていた。

時折り、名を秘した衣類、食物等の差入れがあった。それは、六郎に同情していた山岡鉄舟からのものであった。

山岡と同様の感情をいだく者は多く、海軍卿《きょう》、参議の職についた後、野にくだった勝海舟は、山岡に書簡を送り、六郎の行為は「実に哀憐《あいれん》すべき」もので「同情を寄せざるを得ず」として、人情浮薄の青年書生に大きな刺戟《しげき》をあたえる美しい行為だと記している。仇討について新しい律条が出来ても、美風だという江戸時代の風潮は残されていた。

六郎は、模範囚として日をすごした。

叔父の上野四郎兵衛からも差入れ品があり、手紙も送られてきていた。六郎に復讐をきびしく禁じていた四郎兵衛は、手紙に六郎が悲願をはたしたことを賞めたたえ、死罪をまぬがれたことに安堵《あんど》していると記していた。四郎兵衛の手紙の文章には、六郎に対する深い愛情がこめられていて、六郎は受取るたびに涙ぐんだ。

服役して翌々年、四郎兵衛の手紙で祖父儀左衛門の死がつたえられ、二年後には祖母冬の死も知った。八十四歳と八十歳であった。

さらに養父助太夫の死も報《しら》され、故郷の秋月が急に遠い地になったのを感じた。残された肉親は妹のつゆのみで、やがてつゆも嫁いでゆき、臼井家の屋敷は無人になる。

潮が干《ひ》いてゆくような淋しさをおぼえた。

二十一年夏には、四郎兵衛の手紙で山岡鉄舟の死を知った。六郎には精神的な支えであった師で、かれは悲しみにおそわれ、夫人に悔みの手紙を送った。

明治二十二年二月十一日、大日本帝国憲法が公布され、国家の形態が確立したことで各種の祝賀行事が盛大にもよおされた。それにともなって、勅令第十二号により大赦令が発令された。それは、西南戦争をはじめとした内乱によって捕えられた国事犯の囚人たちを解放するのを目的にしたもので、それに附随して一般の囚人にも恩恵をあたえる大規模な恩赦であった。該当する多くの囚人たちの中に、六郎もふくまれていた。

六郎に対する恩赦の審査がおこなわれ、その年の十一月六日、東京軽罪裁判所検事渥美友成名で政府から特赦状があたえられたことが通告された。その通告書には、

「禁獄終身囚臼井六郎　特典を以《もっ》て本刑に一等を減ず

明治二十二年十月三十日

内閣総理大臣　三条実美《さねとみ》」

という特赦状が添えられていた。禁獄終身刑から罪一等を減ずるということは、禁獄十年への減刑を意味していた。

六郎は集治監で残された刑期を勤めあげ、翌々年の明治二十四年九月二十二日朝、東京集治監から釈放された。三十四歳であった。

その日は晴天で、集治監から出たかれは久しぶりの明るい陽光に、眼がくらむのをおぼえた。

イギリス宮殿風の集治監のいかめしい外門の前には、叔父の上野四郎兵衛が出迎えていて、傍らに二人の書生風の男が立っていた。

男たちは頭をさげて神妙な表情で近づいてくると、それぞれ出獄の祝いの言葉を述べ、思いがけぬ申入れをした。かれらは活世界社の社員と名乗り、山岡鉄舟夫人の意をうけて来たと言い、今夕午後四時より本郷根津にある料亭神泉亭で六郎の慰労会をもよおすので、ぜひ出席して欲しい、と言った。鉄舟夫人が多くの人を招いているという。

集治監から出たばかりでそのような申出を受けたことに、六郎は途惑った。慰労会とはどのようなものなのか、出席することに強い逡巡《しゅんじゅん》をおぼえた。しかし、服役中、鉄舟はもとより夫人からも心のこもった差入れをしばしば受け、申出をことわるわけにもゆかなかった。

「お受けしたらよい」

四郎兵衛が言葉をかけ、六郎は承諾した。

二人は喜び、去っていった。

六郎は、明舟町の四郎兵衛の家に行き、四郎兵衛は郵便局に行って親戚《しんせき》の世話を受けている妹のつゆに六郎出獄の電報を打った。六郎は、四郎兵衛夫妻にうながされて、慰労会に出席するため長く伸びた髪を切りととのえ、湯屋に行って体を清めた。さらに四郎兵衛から衣類を借り受けて身につけ、煙草《たばこ》を懐《ふところ》に入れた。

やがて迎えの活世界社の社員が人力車を雇ってやってきて、六郎はそれに乗って根津に行った。

神泉亭は立派なかまえの料亭で、大広間に入ると酒席がもうけられていて、多くの正装した者が並んで坐っていた。

六郎の姿を見た人々の間から拍手が起り、恐縮したかれは両手をついて頭をさげた。

鉄舟夫人が近寄ってきて、六郎は、平伏して獄中に差入れをしてくれた礼をうわずった声で述べ、さらに鉄舟が死亡したことを獄中で知り、驚き悲しんだことを口にした。夫人は今日の出獄を夫が知ったら、さぞ喜んだろう、と答えた。

傍らで二人の挨拶《あいさつ》が終るのを待っていた活世界社の社員が、六郎の腕をとり、正面の席に無理に坐《すわ》らせた。六郎は身をすくめた。

社員によって列席者の紹介があり、六郎は一層体をかたくした。自由民権運動の指導者大井憲太郎、国会議員として名高い星亨《とおる》、貴族院議員原田一道その他大学校の教授、学生たちであった。

大井につづいて星、原田が立ち、それぞれ六郎が長い牢獄《ろうごく》生活の労苦をへて出獄したことを祝う言葉を述べた。仇討が法的に禁止されているとは言え、仇討は武士道の真髄であり、父の恨みをはらすため食物に事欠く生活に耐えながら遂に悲願を達成したことはまことに賞讃《しょうさん》すべきであり、国法に従順にしたがって牢につながれ、模範囚として釈放されたことはめでたいかぎりだ、と言った。

その祝辞の間、列席者からしばしば拍手が起り、六郎は顔を伏していた。

それより酒になり、なごやかな雰囲気になった。六郎も酒をすすめられ、頭をさげることを繰返しながら杯をかたむけた。

余興として、剣術の道場をひらく伊庭《いば》想太郎の門人が白刃による撃剣を披露し、宮原岩太郎が、「一の谷」「十年の役」「桜井決別」の薩摩琵琶《さつまびわ》を奏し、さらに学生たちが爆竹を鳴らして宴はにぎわいをきわめた。

獄舎の生活になれた六郎には、余りにも刺戟が大きく、さらに長年口にしたことのない酒も飲んで、半ば放心状態であった。

午後十時すぎに散会となり、六郎は意識もかすんだ状態で人力車に乗り、四郎兵衛の家にもどった。

翌日は雨で、六郎は朝から病臥《びようが》したように寝てすごし、ようやく夕方身を起した。かれは四郎兵衛と向い合って夕食をとり、酒を飲んだ。六郎は、問われるままに前日の宴の模様を話し、四郎兵衛は、六郎の入獄中に死亡した祖父、祖母、養父の葬儀のことについて語った。

四郎兵衛の話は秋月の親族たちの消息に及んだが、その口からもれた思いがけぬ話に六郎は顔をこわばらせた。

六郎が一瀬直久を刺殺したことは、秋月とその周辺の村々一帯にひろがったが、人々は臼井亘理夫婦が殺害された日のことを再び思い起し、少年であった六郎が秋月をはなれて苦労の末、直久に復讐《ふくしゆう》したことを美挙として賞めたたえた。

このような空気の中で、一瀬家の立場は微妙なものになった。仇は一般的に悪とされていて、一瀬家に注がれる眼は急に冷いものになった。

当主である直久の父亀右衛門は、臼井亘理を襲った直久を愚しいことをしたと嘆いていたが、六郎が直久に復讐したことを耳にし錯乱状態におちいった。直久が仇として討ち取られたことを家門の恥辱と考え、さらに息子を失った悲しみも大きかった。

六郎の裁判の経過と結果がつぎつぎに秋月に伝えられ、六郎が禁獄終身囚として石川島監獄署に収監されたことを知った亀右衛門は、翌年の五月十八日午前七時頃、自宅の厠《かわや》で首を吊《つ》っているのが発見された。これは新聞にも「一瀬直久の父縊死《いし》す」という見出しのもとに報じられたという。

六郎の胸には、気の毒にという感情は少しも湧《わ》いてこなかった。直久は、臼井家に忍び入り、熟睡していて抵抗もせぬ父を殺害し、その上首も斬《き》り落して持ち去った。そのようなむごたらしい殺し方をした直久の行為の報いは、その血族も負うべきで、亀右衛門の自殺は当然の結果で同情の余地などみじんもない。

かれは、その話に小気味良さをおぼえた。

母を惨殺《ざんさつ》した萩谷伝之進のことを思った。父亘理を殺した一瀬直久の行為は、一応考え方の相違による誅殺《ちゅうさつ》と言えるが、母の清はそのようなことには無関係で、むろん抵抗などするすべは持たない。血にそまった母の腿《もも》がよみがえり、耐えがたい怒りがつきあげた。

裁判で萩谷の処罰を願ったがいれられず、自分の力で復讐する以外にない。秋月にもどって萩谷をなぶり殺しにする。捕えられれば、度重なる謀殺で、死刑に処せられることはまちがいないが、もとより覚悟の上であった。

かれは、獄舎生活の疲れをいやすため四郎兵衛の家に少しの間世話になろう、と思った。体にこれと言って故障はないが、一般社会に体をなじませるためには、ぼんやりと日をすごす必要がある。獄房にとじこめられている間に心の状態がいつの間にかゆがみ、それも四郎兵衛の家に寝起きする間にもとにもどってゆくだろう。今はただ時の流れに身をまかせ、心身共に、平常なものになってから、行く末のことをじっくりと考えようと思った。

かれは、服役前に貯《たくわ》えた金を持っていたので、その一部を食費として四郎兵衛に差出した。が、文部省に勤めている四郎兵衛の地位もあがっていて、そのような心づかいは無用、と笑って受取ろうとしなかった。

六郎は、山岡鉄舟夫人に慰労会をもよおしてくれた礼状を出したが、夫人のもとにおもむくことはしなかった。温情家の夫人は、まとまった金を渡してくれそうな予感がし、無心に訪れたと思われたくなかったのだ。

十月に入ると中旬に暴風雨があったが、快晴の日がつづいた。

その日も夕方に空は茜色《あかねいろ》に染り、役所からもどってきた四郎兵衛が郵送されていた一通の手紙を読み、無言でそれを六郎に渡した。

親族から四郎兵衛に送られてきたもので、読み終えた六郎は、手紙を手にしたまま黙っていた。手紙には、萩谷伝之進の死が記されていた。

萩谷は、名を静夫と改め、臼井亘理夫妻殺害事件後、周囲の批判にさらされていた。女性を殺したことは武士にあるまじき行為だと人々はささやき合い、萩谷自身もそれを意識し、人眼に立たぬよう暮していた。かれの手首には、六郎の母が嚙《か》みついた傷痕が残っていた。

萩谷の精神状態に変化が生じたのは、六郎が一瀬直久を刺殺したという話が秋月に伝えられてからだった。かれの顔色が極度に悪くなり、頰もこけた。家の一室に引きこもっているかと思うと、深夜、突然家を出て、城下をおびえたように歩きまわる。寝床から飛び起き、六郎がくる、と叫んだりした。

服役した六郎が出獄したことが伝えられると、かれの行動はさらに乱れた。短刀を常に所持して、絶えずあたりをうかがう。そのうちに物置に入れてあった叺《かます》の灰に頭を突っこみ、窒息死しているのが発見された。九月末日の朝であった。

六郎は、手紙を手にしたまま身じろぎもせずに坐っていた。萩谷は狂死し、母の怨《うら》みもはらせたことになる。が、それは萩谷が自らえらんだ死で、自分が手を下した死ではない。六郎は、母を殺した萩谷の命をうばいたかった。それが出獄した六郎の唯《ゆい》一《いつ》の願いで、今後の自分の生き甲斐《がい》だと思い込んでいたが、萩谷の自殺でその願いもむなしくなったのを感じた。

体から一度に力がぬけたような思いで、かれは放心したように坐っていた。

かれはうつろな表情で日をすごすようになった。四郎兵衛と言葉を交すことも少く、目的もなく外を歩いたりしていた。

年が明け、かれは四郎兵衛の家をはなれた。

安宿から安宿を泊り歩き、やがて懐中が乏しくなると、偽名で日雇い仕事につき、帳簿づけに雇われたりした。生きる目的は失われ、浮草のようにすごした。

日清《につしん》戦争が起き、翌年には勝利で終り、講和条約が締結された。かれは、町々のにぎわいを傍観していた。時折り四郎兵衛の家に行き、泊ることもあったが、やがて足をむけることもしなくなった。過ぎ去った日々を思い出すのが煩《わずら》わしく、ただ一人生きていたかった。

三十四年六月下旬、六郎は新聞で星亨が暗殺されたことを知った。

星は、六郎が出獄した夜、慰労会に出席してくれた忘れがたい人物で、その後逓信《ていしん》大臣にもなった政界の要人であった。

六郎は、記事を眼で追い、星を東京市参事会議事堂で刺殺したのが、伊庭想太郎であるのを知って茫然《ぼうぜん》とした。慰労会の余興で伊庭の門下生が撃剣を披露したが、その伊庭がなぜ星を暗殺したのか。新聞には政治上の思想の対立によるとされていたが、慰労会の宴席で隣りに坐って酒をついでくれたりした星がすでにこの世にいないことが信じられなかった。

その年の九月、六郎は、伊庭が裁判で無期徒刑に処せられ、東京集治監の獄に下ったことを知った。

強大国ロシアとの国際情勢が緊迫化し、人々は脅威をおぼえ、空気は重苦しかった。路上で壮士風の男がロシア恐るるに足らずと演説する姿がみられ、新聞にも大学教授たちのそれに類する声明が発表されて六郎も暗い気持になっていた。

明治三十七年二月、日露戦争が勃発《ぼっぱつ》した。予想に反して日本軍はロシア軍を圧倒し、町々は沸き立った。勝利の報がつづき、人々は熱狂して、六郎は、祝勝の提灯《ちょうちん》行列をながめていた。

その年の秋、かれは東京をはなれ、横浜から船に乗って九州の門司《もじ》に行った。妹のつゆが小林利愛に嫁いで門司の桟橋通りに住んでいるのを知り、唯一の肉親であるつゆに会いたくなったのである。

つゆは、三十九歳になっていて、訪れてきた六郎の姿を見て激しく泣いた。六郎も嗚咽《おえつ》し、言葉もなかった。つゆは三歳で父母がむごたらしい殺され方をしたのを眼の前にし、自らも傷をおわされた。祖父母の死後親戚の家から家に盥《たらい》まわしをされるように生きつづけ、ようやく成人して夫となる人と出会い、世帯《しょたい》を持っている。つゆの孤独であった生活を思い、粛然とした気持であった。

門司には、八坂甚八の妻となっている叔母の幾代もいた。八坂は資産家で、門司駅前で運送店を経営していた。

六郎は温かく迎え入れられ、小林と八坂が資金を出してくれて門司駅前で乗降客相手の饅頭《まんじゆう》屋をひらいた。翌三十八年七月には、世話する人があって加藤鉄也の妹いゑを妻にし、二人で働いた。六郎四十八歳、いゑ二十八歳だった。饅頭は薄雪饅頭と名づけられ、売行きは上々だった。

二年後には、八坂の誘いで鳥栖《とす》に移り住んだ。

八坂は鳥栖駅前に広い土地を持ち、二階建の八角亭という待合所も所有していて、その経営を六郎に託した。鉄道の分岐点である鳥栖で汽車待ちをする人は多く、かれらは待合所の畳敷きのいくつもの部屋で休息をとり、入浴もした。

六郎は妻とともに茶酌《く》み女を雇って仕事に精を出し、待合所は繁昌《はんじよう》した。

夫婦には子が恵まれず、叔父上野四郎兵衛の次男正博を養子に迎え入れた。生活は豊かで、正博は久留米《くるめ》商業学校に入学した。

いゑは才覚があり、六郎は経営をいゑにまかせて悠揚としてすごした。

大正六年（一九一七）、かれは病いにおかされ、九月四日に死亡した。六十歳であった。

寝棺は、秋月まで運ばれ、古心寺の両親の墓のかたわらに埋葬された。

# あとがき

一年ほど前までは、敵討《かたきうち》について小説に書くなどとは思いもしなかった。歴史上重要な意味を持つ事柄のみを歴史小説として書いてきた私は、個人と個人の問題である敵討には全く関心がなかった。

それなのに、なぜこの単行本に収められた二つの小説を書いたかというと、いずれも歴史と深い係り合いがあるからである。

私は、少し前「夜明けの雷鳴」という長篇小説を書いたが、主人公は、幕末の将軍徳川慶喜《よしのぶ》の弟昭武《あきたけ》に随行してフランスにおもむいた高松凌雲《りょううん》という幕府の医官であった。その一行に国の情勢が急迫した日本から勘定奉行の栗本鋤雲《くりもとじょうん》がパリにやってきて加わり、凌雲たちとともに幕府が崩壊後、日本にもどった。

私は、鋤雲の末裔《まつえい》の方にお会いするなどして、かれが書き残したものを読み漁《あさ》った。その中に思いもかけぬ事柄が書かれているのに驚き、さらに史家の森銑三《せんぞう》氏もそれを記述しているのを知った。

思いもかけぬこととは、ここに私が書いた敵討が老中水野忠邦《ただくに》の手足となって動いた鳥居耀蔵《ようぞう》が深く関与したもので、この敵討を書くことで鳥居とかれをかこむ多くのことが浮き彫りにされているのである。つまり、この敵討が単なる個人と個人の刃傷《にんじょう》事件ではなく、その背後に幕末の政争、それによる社会情勢の変遷《へんせん》があるのを知ったのである。このことについては、石山滋夫氏が「評伝 高島秋帆」でもふれられていて、私より以前にそれに気づいていたことを知った。

私は調査に入り、日本近世史の研究者である大石慎三郎氏を通じて史家の武智利博氏から伊予松山藩関係の多くの史料を提供していただいた。また、東大史料編纂《へんさん》所の宮地正人、保坂美和子両氏の御協力をいただき、「敵討」を書きあげることができたのである。

この敵討の現場は、森鷗外《おうがい》の書いた「護持院原の敵討」と全く同じ地である。しかし、鷗外の書いた敵討は天保六年（一八三五）のことで、私が採り上げた敵討は十一年後である。偶然だが、混同なさらぬようお願いする。

明治時代に入り、江戸時代美風ともされていた敵討が、西欧に準じた法治国家としてどのように位置づけられたか。

さまざまな議論が交されたが、結局、殺人罪として敵討禁止令の公布をみた。

私が「最後の仇討」として書いた敵討は、その後におこったもので大きな反響を呼んだが、当時の日本人の意識の中には依然として江戸時代の敵討に対する考え方が尾を引いていて、私がこの小説を書いたのは、明治という新しい時代を迎えた日本人の複雑な心情を描きたかったからである。

当然、裁判記録が残っているものと思っていたが残念ながら戦火で焼失したとのことで落胆した。しかし、秋月在住の三浦末雄氏が諸記録を収集整理して「物語秋月史」としてまとめられているのを御子息の三浦良一氏から教えていただき、良一氏を訪れてコピーさせていただいた。

これを基礎資料に他の資料もあさって書くことができたが、この事件は最後の仇討として当時の新聞記事となったので、題名もその名称のままとした。

吉村　昭

## 〈参考文献〉


『松山叢談』　豫陽叢書刊行會刊
『伊豫史談』　伊豫史談會刊
『高麗環雑記』、『泰平年表嗣記』
『敵討』　平出鏗二郎著、文昌閣刊
『評伝　高島秋帆』　石山滋夫著、葦書房刊
『匏庵遺稿』　栗本鋤雲著、裳華書房刊
『史伝閑歩』　森銑三著、中央公論社刊
『物語秋月史』　三浦末雄著、亀陽文庫刊
『臼井亘理遭難遺蹟』
『臼井亘理遭難記』　江島茂逸翁記
『吉村迂吉翁手記』
『敵討の歴史』大隈三好著、雄山閣刊
『仇討を考証する』　稲垣史生著、旺文社刊

# 解説

野口武彦

昔から「不倶戴天《ふぐたいてん》」という言葉がある。
倶《とも》には天を戴《いただ》かず。自分の親を殺した人間は同じ天の下で暮らさない。親の敵に対する報復の思いを言い表す形容である。古代中国の儒学経典の一つ『礼記《らいき》』の『曲礼《きょくらい》』上に「父の讐《あだ》は、与共《とも》に天を戴かず」とあるのが出典。紀元前の古い昔から、敵討は人間の根原始感情からやみがたく発してくる行為だったのである。

いくら自分の親を殺した憎むべき敵であっても、こちらでも人を殺すわけだから、当事者の身の上には、社会的にも、心理的にも、大変な葛藤《かっとう》が生じるのは当然である。敵討の問題には人間性のすべてが集約されるといってよい。

敵討のテーマは、決して単純な勧善懲悪の物語では片付かない。

吉村昭氏の『敵討』に収められた二つの短編は、どちらも江戸時代の武士の復讐事件を描いている。標題作の「敵討」は、天保・弘化年間に江戸の護持院ヶ原であった敵討。もう一篇の「最後の仇討」は、江戸時代といっても幕末ぎりぎりの慶応四年（一八六八）を発端とし、明治十三年（一八八〇）に決着するという過渡的な時世の出来事である。

作者は「あとがき」で、これまで「歴史上重要な意味を持つ事柄のみを歴史小説として書いてきた私は、個人と個人の問題である敵討には全く関心がなかった」と記している。その吉村氏が本書所収の二篇を書いた動機は、どちらの事件も「歴史と深い係り合いがあるから」であったという。この言葉通り、氏が描く二つの敵討の背後には広大な社会情勢の全景が広がっている。歴史の荷重がのしかかってくる圧点で、敵討にたずさわる運命を背負い込んだ人間の痛みに想像をめぐらす。これは小説でなければ書けない。

「敵討」の主人公は、伊予松山藩士の熊倉伝十郎である。

天保九年（一八三八）十一月、江戸下谷の御成小路《おなりこうじ》に斬り殺された武士の死骸が横たわっていた。被害者は、江戸城西丸で徒士《かち》を勤めていた井上伝兵衛で、剣術指南をするほどの腕前だったが、何者かに闇討にされたらしかった。この伝兵衛の弟伝之丞は、伊予松山藩の熊倉家に養子に入り、その倅《せがれ》が伝十郎だったという人間関係になる。

松山藩の記録を集成した『松山叢談』第十三巻「隆聖院伝勝善公《かつよし》」には、天保十年

（一八三九）三月五日の日付で、伝兵衛が殺された後、伝十郎が「右敵相尋ね候えども、相分り難く、勤仕の身分にては存じ候儘に穿鑿《せんさく》も行き届き申さずとて永の暇願書残し置き、去月（二月）二十九日立ち退き申し候。猶又、右伝之丞倅伝十郎と申す者、当《とう》亥《い》二十六歳、右父の跡を慕ひ、昨夜同様立ち退き申し候。右敵相分り候えば何国《いずこ》に於いて討ち留め候儀も御座あるべく候間《あいだ》、後日のため御帳へ付け置かれ候様致したく、この段使者を以て申し達し候」（原文を読みやすく改めてある）と記されている。

右の文章は、松山藩から幕府に提出された届書である。「御帳」というのは、吉村氏も作中で書いているが、いわば敵討台帳である。敵討はかならず幕府の許可を得なければならない。敵とつけ狙う相手は、敵持ちの身であるから一ヶ所に安閑としているはずはなく、見つけ出す場所も一藩の範囲を越えて全国に広がる可能性があるからである。御帳は評定所に置かれて大目付に管理された。届け出が受理されると、江戸はもちろんのこと全国どこでも敵討が公認される。しかし反面この手続きは、敵討が「公務」になったことをも意味している。裏を返せば、首尾よく敵を討つまで帰参できないのである。『松山叢談』にも「伝十郎へ御奥より御内々金百両賜ふ。跡家内へ帰足まで十五人扶持下さる」とある。藩が費用まで出してくれたのだから、空しく帰るわけにはゆかない。

世に語り伝えられている敵討の話は、成功したケースだけである。氷山の一角よりももっと確率は低いかもしれない。強い敵に返り討ちにされたという場合などはまだいい方で、大部分はめざす敵にめぐりあえずに宛《あて》もなく探し回り、いたずらに歳月を費やして帰るに帰れなくなり、そのうちに意欲も気力も失って朽ち果ててしまうのである。その点、敵にばったり出くわした討ち手が「ここで会ったが百年目、盲亀《もうき》の浮《ふ》木《ぼく》、優曇華《うどんげ》の花に会いたる心地して」といって喜び勇む講談の決まり文句は、かならずしもウソではない。

熊倉父子の苦難も一通りではなかった。まず伝之丞が行方不明になる。どうやら同一犯人に殺されたらしい。伝十郎の負担はますます重くなる。さんざん苦節を重ねてついに弘化三年(一八四六)八月、敵討の本望を遂げるまでの物語は、本作に展開されている通りであるが、この解説では、本件ともっと大きな歴史との「深い係り合い」に是非とも一言しておこう。背景になっているのは、天保改革である。

井上伝兵衛を殺害したのは、本庄茂平次という男だった。「妖怪」と綽名《あだな》されて恐れられた鳥居耀蔵の手先に使われていた小悪党である。天保改革を実行した老中水野忠邦が、当時、町奉行と勘定奉行を兼任して権力を握っていた耀蔵に、諸方面で辣腕《らつわん》を揮《ふる》わせたことはよく知られている。反対派追い落としも仕事のうちだった。そのために耀蔵が手先に使っていたのが、この茂平次だったのである。伝兵衛殺害もこれにからんでいた。

吉村氏は、一つの敵討事件を覗き窓にして、巨大な政治悪の世界を垣間見《かいまみ》させる。それなりに大物だった耀蔵がどう見ても小人でしかない茂平次を信用したばかりに綻《ほころ》びを作ってしまう顚末《てんまつ》は、なるほど内幕はこうもあろうかと面白く読ませられる。内視鏡手術のように、小さな孔《あな》を通して暗い視界に分け入ってゆく老熟した筆の冴《さ》えである。

「最後の仇討」の原因になった事件は、幕末小藩の内ゲバである。九州筑前の秋月藩黒田家五万石は、隣の大藩、福岡藩黒田家四十七万石を宗藩にしていたが、この時期には御多分に洩《も》れず勤王か佐幕かの藩論対立で揺れていた。藩の主流は公武合体派であり、これに反対する勤王派の若侍が「干城隊《かんじょうたい》」という組織を作っていた。慶応四年五月、次席家老で公武合体論を唱えていた臼井亘理《わたり》という人物がこのグループに暗殺されたことが、仇討劇の第一幕になった。妻女も一緒に殺された。息子の臼井六郎はその時まだ十一歳の少年であったが、むごたらしい殺害現場の光景が眼に焼き付き、成人するにつれて父母が殺された様子をしだいに理解していった。就寝中の父を襲った下手人も一瀬直久と判明した。何の罪もない母を残酷に殺した犯人もわかった。六郎は切歯《せっし》扼腕《やくわん》堪えがたく、いつの日か必ず報復を下すことを深く心に誓ったのである。

この敵討には、足かけ十三年という長い時間がかかっている。それは六郎が成人する歳月であったと共に、社会に大動乱が生じた時代でもあった。日本が明治維新の峠を越したのである。明治四年（一八七一）に廃藩置県令、同五年（一八七二）に徴兵令、同九年（一八七六）に廃刀令と矢継ぎ早に繰り出される法令によって、武士身分そのものが消滅したのだ。幕末変動期の大状況に組み込まれている事情が、本件に独特の陰《いん》翳《えい》を与えている。

秋月藩は廃藩置県で秋月県になった。旧藩主は東京に去り、残された地元の人々にも時代の風が吹きまくった。「干城隊」は不平士族化して新政府に反抗し、「秋月の乱」を起こして鎮圧される。一瀬直久も上京して、今や洋服を着た官吏として成功していた。

臼井六郎は父母の仇を討つのに頭がいっぱいで、世の動きはあまり眼に入っていなかったようだ。実は、敵討をめぐる社会環境も一変していたのである。

明治六年（一八七三）二月七日、明治政府の第三十七号布告として「仇討禁止令」が発令された。冒頭に「人を殺すは国の大業にして、人を殺す者を罰するは、政府の公権に候処、古来より父兄の為に、讐を復するを以て、子弟の義務と為すの風習あり。

右は至情止むを得ざるに出《いず》ると雖《いえど》も、畢竟《ひつきよう》私憤を以て大禁を破り、私義を以て公権を犯す者にして、固《もと》より擅殺《せんさつ》の罪を免れず」とする判断を示して、以後は敵討をした者は罪科に処すと明記している。江戸時代に敵討に限って認められていた私的報復行為は、ここに公刑主義のもとに全面的に否定されるに至ったのである。

そんなこととはつゆ知らず、六郎が一心不乱に臥薪嘗胆《がしんしようたん》の辛苦を経て、一瀬を殺すまでのストーリーも本作に詳しくたどられている。明治十三年十二月十七日、本懐を達した六郎は、ただちに自首して裁判に掛けられた。世人の同情が集まって広い関心が寄せられた。東京日々新聞が審理の経過を克明に報じている。被告人の口供に、儒学の教えを引いて「父の讐にはともに天を戴かずとあり、復讐はなさざるべからずは事明らかなり、その父誅を受くるにあらざれば子復讐して可なり」と陳述しているのは実に印象的である。「不倶戴天」のモットーは明治になっても堂々と主張されていたのである。

判決が下った。明治六年六月十三日に頒布された『改定律例』の第二百三十二条にもとづき、かつ情状も酌量されて終身禁獄の刑であった。ちなみに同条は「凡《およそ》祖父母父母人ニ殺サレ子孫擅《ほしいまま》ニ行兇人（下手人）ヲ殺ス者ハ謀殺ヲ以テ論ス、其《その》即時ニ殺死スル者ハ論スルコト勿《なか》レ」というものである。被告人は法廷で敵討禁止令の公布を知らなかったと申し立てたが、もちろん免罪する事由にはならなかった。臼井六郎は服役し、模範囚として振る舞い、明治二十二年（一八八九）の憲法発布に伴う特赦によって減刑され、明治二十四年（一八九一）に釈放された。

吉村昭氏の筆は、敵討の物語を本望成就では完結させず、どちらの作でも主人公の後日談にスペースを割かずにはいられない。熊倉伝十郎は帰藩して家督を嗣《つ》いだが、やがて探索の旅の間に罹患した梅毒が悪化して早死した。臼井六郎は平々凡々と波風の立たない平和な余生を送った。敵討のピークの後に訪れた人生の余白の頁《ページ》である。こうした書き足しのうちに、この心あたたかい作家が、敵討という血なまぐさい行為に対して保つ理解ある距離感覚が見て取れるではないか。

（平成十五年十月、文芸評論家）

この作品は平成十三年二月新潮社より刊行された。

吉村昭著　桜田門外ノ変（上・下）

幕政改革から倒幕へ――。尊王攘夷運動の一大転機となった井伊大老暗殺事件を、水戸薩摩両藩十八人の襲撃者の側から描く歴史大作。

吉村昭著　天狗争乱　大佛次郎賞受賞

幕末日本を震撼させた「天狗党の乱」。水戸尊攘派の挙兵から中山道中の行軍、そして越前での非情な末路までを克明に描いた雄編。

吉村昭著　わたしの流儀

作家冥利に尽きる貴重な体験、日常の小さな発見、ユーモアに富んだ日々の暮し、そしてあの小説の執筆秘話を綴る芳醇な随筆集。

吉村昭著　アメリカ彦蔵

破船漂流のはてに渡米、帰国後日米外交の先駆となり、日本初の新聞を創刊した男――アメリカ彦蔵の生涯と激動の幕末期を描く。

吉村昭著　生麦事件（上・下）

薩摩の大名行列に乱入した英国人が斬殺された――攘夷の潮流を変えた生麦事件を軸に激動の五年を圧倒的なダイナミズムで活写する。

吉村昭著　島抜け

種子島に流された大坂の講釈師瑞龍は、流人仲間と脱島を決行。漂流の末、流れついた先は何と中国だった……。表題作ほか二編収録。

# 新潮文庫最新刊

山田詠美著
**血も涙もある**
35歳の桃子は、当代随一の料理研究家・喜久江の助手であり、彼女の夫・太郎の恋人である——。危険な関係を描く極上の詠美文学！

帚木蓬生著
**沙林　偽りの王国**（上・下）
医師であり作家である著者にしか書けないサリン事件の全貌！　医師たちはいかにテロと闘ったのか。鎮魂を胸に書き上げた大作。

津村記久子著
**サキの忘れ物**
病院併設の喫茶店で、常連の女性が置き忘れた本を手にしたアルバイトの千春。その日から人生が動き始め……。心に染み入る九編。

彩瀬まる著
**草原のサーカス**
データ捏造に加担した製薬会社勤務の姉、仕事仲間に激しく依存するアクセサリー作家の妹。世間を揺るがした姉妹の、転落後の人生。

西村京太郎著
**鳴門の渦潮を見ていた女**
渦潮の観望施設「渦の道」で、元刑事の娘が誘拐された。解放の条件は警視総監の射殺！十津川警部が権力の闇に挑む長編ミステリー。

町田そのこ著
**コンビニ兄弟3**
—テンダネス門司港こがね村店—
〝推し〟の悩み、大人の友達の作り方、忘れられない痛い恋。門司港を舞台に大人たちの物語が幕を上げる。人気シリーズ第三弾。

# 敵《かたき》討《うち》

新潮文庫　よ－5－46

平成十五年十二月一日発行
令和五年九月十五日七刷

著者　吉《よし》村《むら》昭《あきら》

発行者　佐藤隆信

発行所　株式会社 新潮社

郵便番号　一六二—八七一一
東京都新宿区矢来町七一
電話 編集部(〇三)三二六六—五四四〇
読者係(〇三)三二六六—五一一一
https://www.shinchosha.co.jp

価格はカバーに表示してあります。

乱丁・落丁本は、ご面倒ですが小社読者係宛ご送付ください。送料小社負担にてお取替えいたします。

印刷・大日本印刷株式会社　製本・加藤製本株式会社


ISBN978-4-10-111746-1　C0193